Poesías y Poemas

160 Poemas de amor

Anthony Josué Flores Reyes

POESÍAS Y POEMAS

ANTHONY JOSUÉ FLORES REYES

LA SEMILLA QUE LLEVAS DENTRO.

Escribir, publicar o vender un libro, es como revelar un secreto muy tuyo. Escribir un libro, es como tener un hijo, en él va escrito la esencia de lo que eres, piensas, o cómo te expresas, es una biografía gráfica de lo que tú eres, en el caso de escribir poesía. Porque esta se crea, a partir de sucesos vividos, o momentos sufridos, en el tema más famoso que compromete al corazón. (El amor)

El siguiente libro está inspirado en las pérdidas que tuve en mi vida hasta los treinta y un años de edad, amores perdidos, familiares, amigos e incluso mascotas. El dolor te puede matar si te dedicas a llorar, a mí me hizo poeta. El portal hacia lo que nos gusta hacer, se abre a través de un suceso en nuestras vidas, mayormente doloroso. A mí me rompieron el corazón unas cuantas veces y me volví a enamorar, levantándome una vez más como el ave fénix. Por ello existe este libro. Yo concentré todo mi dolor en hacerlo poesía, en vez de quedarme llorando por los golpes que me dieron la vida. Eh, aquí la famosa frase de "sacar algo bueno, de lo malo".

Quizá, si nunca me hubiese pasado nada malo, no hubiese germinado jamás la semilla de escritor y poeta que llevaba dentro. La semilla para germinar vida (planta) tiene que partirse. Lo mismo sucede con nosotros, las personas; nos partimos a partir de un suceso doloroso y desde entonces somos. Porque no estás forzado a cambiar cuando todo va bien. Todos tenemos una semilla en nuestro interior; descubrir cuál es la tuya te pondrá en el camino correcto de la vida, porque nada mejor que triunfar, que trabajar en lo que te apasiona.

PRESENTACIÓN.

Los versos, poemas y poesía son la expresión sincera de las palabras de un corazón herido, enamorado o feliz. Los poetas, como el gran Mariano Melgar, utilizaron todo ese desamor, desaire, sentimientos reprimidos en sinfonías melódicas que el corazón junto a sus sentimientos expresaba, por un amor, el mundo, la propia vida.

La poesía refleja la realidad, pero no de un modo exacto, preciso, no de un modo científico, sino más bien de un modo artístico, Anthony Josué Flores Reyes. Nos muestra su punto de vista ante su realidad más próxima, su actitud, ante lo que ve y siente. Un apasionado de las letras, las poesías y el arte. Haciéndole honor a las palabras que dice: que quien siente pasión por lo que hace, se mantiene vivo siempre. Quizá pasen años, generaciones y las poesías quedan, en los registros, en los libros de historia, en las obras literarias.

Por ello no queremos dejar de recordar querido lector, que cada palabra, cada frase, forma parte de la creación y producción de aquel talento reflejado en cada una de las palabras puestas, cantadas y escritas en este universo de poesías el cual, **Anthony Josué Flores Reyes**, les comparte una pequeña estrella, refiriéndose a su libro: **Poesías y Poemas.**

Disfrútenlo.

ÍNDICE Pag

1. La semilla que llevas dentro. 003
2. Presentación. 004
3. La poesía 010
4. Desahogo. 011
5. Con el silencio a todo volumen. 012
6. El arte de amar. 013
7. Bajo el mismo cielo. 015
8. Silencio. 016
9. Perderme y encontrarme. 017
10. Inspirada en los abuelos. 018
11. Mi querido "Cerro Blanco" 020
12. Casi algo. 021
13. Maestro. 022
14. Susurro. 024
15. Versos de lamento. 026
16. Lejos de mi tierra. 027
17. Poesía a mi pueblito. 030
18. Mi enamorada. 032
19. Silencio del alma. 033
20. Corazón partido. 034
21. Fue un último adiós. 035
22. Extrañándote. 037
23. Enamorado en silencio. 039
24. Universos paralelos. 041
25. Escribo por qué. 042
26. Días efímeros. 044
27. Su sonrisa. 045
28. De mí, para ti. 046
29. Recordarte. 048
30. Mereces más, mucho más. 049
31. Se quedó conmigo. 050
32. Te echo de menos. 052
33. A mí querido tumbes 053
34. Viajero. 054
35. Poema a mamá. 055
36. Realidad alterna. 057
37. A los treinta. 059
38. El exitoso. 061

39. La soledad de un amante.	063
40. Te escribiré bonita.	065
41. Mi abuelo es mi padre.	066
42. Bicentenario de independencia del Perú.	067
43. ¡Libertad!	070
44. Tu abuelo.	071
45. Tus dieciocho.	072
46. Verso.	074
47. Feliz por un momento.	075
48. Rosas en mi camino.	076
49. No serás, pero sí.	077
50. ¿Dónde se fue mi amor?	079
51. Mi princesa.	080
52. La chica de mi ventana.	081
53. El hombre me ha lastimado.	083.
54. Ella era la niña.	085.
55. Déjame amarte.	086.
56. Tu ausencia me hace llorar.	087.
57. Vida sin vida.	089.
58. Cada vez.	090.
59. Saber que te he perdido.	091.
60. Donde nos ha de llevar la vida.	092.
61. Por un beso.	093.
62. Los cactus no se abrazan.	094.
63. Ella.	095.
64. Mi infancia.	097.
65. El aborto.	098.
66. Sueño o realidad.	099.
67. Suplicio.	100.
68. La ciudad del silencio.	101.
69. La tumba	103.
70. Usted se me llevo la vida.	104.
71. Anoche.	106.
72. Los recuerdos de tu amor.	108.
73. El recuerdo.	110.
74. Mejor de mí te vas.	111.
75. Llanto del corazón	113.
76. Se ha muerto mi amada.	114.
77. Ya te había perdido.	115.

78.	Dentro de mi casa.	116.
79.	Su majestad.	119.
80.	14 de febrero.	120.
81.	Desdichado amor.	121.
82.	Su hija me gusta.	123.
83.	Cuando yo me haya muerto.	124.
84.	Que débiles somos amando.	126.
85.	Me vas a recordar.	127.
86.	Me acostumbré a que no seas mi novia.	128.
87.	Que importa señora.	129.
88.	Tiempo por eso te odio.	131.
89.	Bájame la luna.	132.
90.	Cuando te fuiste amor.	134.
91.	Gracias por ser en mí.	135.
92.	El ¿Por qué? de ti.	136.
93.	Una tarde, una vida.	137.
94.	Me crees rival vencido.	138.
95.	En los temas del amor.	140.
96.	Eres arte de los dioses.	142.
97.	Mi amiga.	143.
98.	Y la conocí.	144.
99.	Yo que conozco de ti.	145.
100.	Te añoro en la madrugada.	146.
101.	A quien no le ha pasado.	148.
102.	Poema a la juventud.	150.
103.	Así nos perdemos.	151.
104.	¿Dónde me consigo una así?	153
105.	Ya vendrán aquellos días.	155.
106.	Deseo inalcanzable.	156.
107.	No hay.	157.
108.	Gracias por todo.	158.
109.	No supe detenerla.	160.
110.	Melancolía.	162.
111.	Mar de recuerdos.	163.
112.	Luto.	164.
113.	Pausa.	165.
114.	¿Quién fué aquel lobo feroz?	166.
115.	La mujer perfecta.	168.
116.	Los hombres también lloramos.	169.

117. Lugar seguro.	170.
118. Haces falta.	171.
119. Papá en el cielo.	172.
120. Mi anhelo perdido.	174.
121. Fantasía.	175.
122. Tu partida.	176.
123. No te miento.	177.
124. Enamorado.	179.
125. Primavera del año.	180.
126. Se cultiva.	182.
127. Se la llevó un adiós.	183.
128. La isla de la soledad.	185.
129. Solo tuve un único amor.	188.
130. Hoy en mi partida.	189.
131. Sentimiento impoluto.	191.
132. Serás siempre mi niña.	192.
133. El cantar de nuestro amor.	194.
134. Señorita.	196.
135. La parodia de la suegra.	197.
136. Nosotros somos los fugaces.	199.
137. Molestia y recuerdo.	200.
138. "Mi pelusa"	201.
139. No me olvidaras.	203.
140. Amor de mi vida.	205.
141. En memoria de mi mascota.	207.
142. Un adiós inquieto.	209.
143. Veneno del alma.	210.
144. Los hijos vuelan.	212.
145. Hermanos.	214.
146. Por tu amor	216.
147. Te lo prometo.	217.
148. Flor de primavera.	218.
149. Poesía del tiempo.	219.
150. La aceptación.	221.
151. El mal pago de un hijo.	222.
152. Carta a mi exesposa.	224.
153. Los celos.	225.
154. Carta al cielo a mi madre.	227.
155. Me perdí en tu mirada.	229.

156. Altamar.	230.
157. Corazón sin suerte.	232.
158. cortos se quedaron los cuentos.	234.
159. Versos a tí.	236.
160. Desconsuelo.	238.
161. Dueles vida.	240.
162. Como el sol brillante.	242.
163. Yaraví de un desamor.	243.
164. Soltarte.	244.
165. Desde mis ojos.	245.
166. Desde que partiste padre.	246.
167. Volvimos a estar solos.	247.
168. Te esperé bajo la luna.	248.
169. Eres un tonto.	250.
170. Si supieras.	251.
171. Regresamos a la escuela.	252.
172. Te ví despintada.	253.
173. Amantes.	254.
174. Yo valía oro.	255.
175. Los amores del alma.	257.
176. Un pacto de amor.	258.
177. La playa.	260.
178. Esperar en la distancia de nuestros sentimientos.	262.
179. Me despido.	263.
180. FINAL DEL LIBRO.	275
181. Dedicatoria	276

LA POESÍA

Me preguntaste: ¿Qué es poesía?
Mientras me mirabas sonriendo.
Tus cabellos por el viento.
Tintineaban bailando.
Una belleza incomparable.
Con vestido o sin ropa.
Poesía son las ganas.
De mis labios en tu boca.
Poesía es que existas.
Poesía eres tú…

Foto: Yeshira Canales.

Poesía N° 001
Libro: Poesías y Poemas.
Autor: Anthony Josué Flores Reyes.

DESAHOGO.

Más en el mar me siento.
Como las tristes olas.
Qué repetitivamente mueren,
Al besar la arena.

La arena de una playa,
Solitaria y soleada,
Maltratada por el viento,
Cómo el desamor violento.
Me ha maltratado siempre,
Siempre, que ha podido.

El vaivén del mar refleja,
Una apasionante trama.
Nunca sus aguas candentes,
Siempre han de ser tan frías.
Tan heladas como el trato
Y el corazón de mi amada.
Que, al amarla sin fronteras,
Casi muero de hipotermia.

Y junto al mar te recuerdo
Siempre al caer la noche.
Cómo las tristes olas mueren
Al besar la arena...

Poema N° 002
Libro: Poesías y Poemas.
Autor: Anthony Josué Flores Reyes

CON EL SILENCIO A TODO VOLUMEN.

Te he querido, te quiero, y sigo.

Repetitivamente en los días.

Como el sol por las mañanas.

Que al día le renueva amor.

El silencio que hay en mi pecho.

Ha de ocultar los latidos.

Pero mis ojos al verte.

No ocultan el ruido.

El ruido de este amor

Que por ti siento.

Verso N° 003

Libro: Poesias y Poemas.

Autor: Anthony Josué Flores Reyes.

EL ARTE DE AMAR

El arte de amar consiste.
En qué, por ejemplo, los lenguajes.
Pasen de ser palabras,
A acciones invaluables.

El arte de amar perdona.
Pero a la vez, no indiferente.
Cuando de traición se trata.
Cuando el corazón se rompe.

El arte de amar se canta,
Con caricias, y hasta sexo.
Pero no es, que siempre importe.
Unas veces el consuelo.
Lo leal y lo vivido.
Es lo que realmente llena.

El arte de amar consiste.
En qué dos mundos se topen.
Sin explotar siquiera.
Y en ocasiones entender.
Que hasta se es capaz de soltar.
Para demostrar amor.

El arte de amar es texto.
Pero también es la pluma,
Cómo lo es la hoja.
Y los ojos que lo vislumbran.

El arte de amar es tu cuerpo.
Pero también es mi alma.
Que vibran sin conocerse
Y al final se acoplan.

Poema N.º 004
Libro: Poesías y Poemas.
Autor: Anthony Josué Flores Reyes.

BAJO EL MISMO CIELO.

Cuando me extrañes, o en tus manos.

Te falten las mías acaso...

Cuando tus ansiosas ganas verme,

En finas lágrimas terminen.

Y tú pecho se acelere

Con la piel eriza.

¡Ve! y búscame en el cielo.

Qué bajo el mismo estamos...

Verso N.º 005.

Libro: Poesias y Poemas.

Autor: Anthony Josué Flores Reyes.

Foto: Yeshira Canales.

SILENCIO

Se siente un cruel silencio
De no encontrarte al despertar.
Sin tu voz en mi oído, ni al despertar tu risa.

Hay una ausencia llena, de tu silueta en mis recuerdos.
Que al pensarla sonrió. Pero luego lloro.
Una mesa vacía, una ventana sin ti...
Un poema más, que al añorarte escribo.
Un perfume sin usarse, en los recuerdos de un ropero.
Tus cabellos en mi almohada
Que al recordarte muero.
Quizás la vista me falle, con el pasar del tiempo.
Al añorar tu imagen
Que hoy es solo un recuerdo.

Poema N.º 006.
Libro: Poesías y Poemas.
Autor: Anthony Josué Flores Reyes.

PERDERME Y ENCONTRARME.

Yo empecé a escribir poesía cuando me enamoré

Por primera vez de alguien.

Le escribía, cartas y poemas, e incluso un libro a ella,

Y más aún, cuando me rompió el corazón.

Pero le agradezco al destino, porque sin esa pena causada.

no me iba a perder yo, en las sombras de la melancolía.

Y suele ser que, a veces, para encontrarse y descubrirse a uno mismo.

Es necesario perderse, en las más amargas tristezas.

Hoy escribo, libros, poesías y poemas.

Pero ya no para ella, sino porque me gusta a mí.

Poesía N.º 007.

Libro: Poesias y Poemas.

Autor: Anthony Josue Flores Reyes.

INSPIRADA EN LOS ABUELOS

Te he buscado en los recuerdos.
Cada que triste me siento.
En las fotos viejas, manchitas.
Por el pasar del tiempo.

A duras penas acepto
¡Que como olas del mar te fuiste!
Y yo sentado en la arena.
Añorando volver a verte…

¡Cómo es de triste la vida!
Que coquetea con la muerte
Mientras yo iba en ascenso.
Tus pasos iban más lentos.

A veces me siento triste.
Y los recuerdos no se abrazan.
¡Cómo no te abrace más fuerte carajo!
La última vez que pude.

Quiero contarte mis logros
Y una tumba no responde.
Una foto no me abraza
Ni un recuerdo me consuela.
Aunque de tu risa sea.

Tú eras diciembre en el ocaso.

De tu epiloga travesía.

Yo era enero, mientras feliz.

Contigo fui un día.

Aquellos días, hoy recuerdos.

Y esos recuerdos que matan risas.

Porque, aunque estos sean afables.

Siempre en lágrimas terminan.

Abuelo, que estás ahí.

En mi mente, y los recuerdos.

No he de entender tu partida.

Hasta el abuelo ser yo un día.

Tumbes, 15 de junio de 2023

Poema N.º 008.

Libro: Poesías y Poemas.

Autor: Anthony Josué Flores Reyes.

Inspirado en Ángel Casariego Panta (abuelo).

MI QUERIDO "CERRO BLANCO"

En los tiempos de vaqueros,
Y costumbres afinadas.
Campesinos con sombrero,
Cerro Blanco fue fundado.

Es la aurora del Distrito,
Con sus muchachas hermosas.
Con esa historia viviente,
Y hasta sus viejas chismosas.

De entre todos sus cerros,
Destaca este el más alto.
De entre toditos sus cerros,
Mi querido Cerro Blanco.

Cuánta unión hay en su gente.
El poblador del campo.
Es una aurora naciente,
Mi querido, Cerro Blanco.

Poema N.º 009

Autor: Anthony Josué Flores Reyes
Libro: Poesías y Poemas.

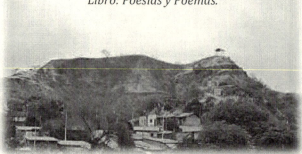

CASI ALGO.

No fuimos novios jamás.
Pero la manera en cómo nos quisimos
El suspiro de tiempo, que duró aquello.
Fue real y verdadero.
Fuimos felices tratando de imaginar una historia
que solo duró un momento...
Tan fugaz como las estrellas, que mueren en el firmamento.

Poema N.º 010.
Libro: Poesías y Poemas.
Autor: Anthony Josué Flores Reyes.

MAESTRO

Maestro que al mundo entero.

Sacas de la cruel ignorancia.

Y le muestras el sendero.

De una vida educada.

¡Que como una vela eres!

Quien enciende mentes nuevas...

Aunque en el camino, el tiempo.

Te desgastes con esmero.

Eres un afán de la vida.

De sembrar esperanzas nuevas.

Aunque posiblemente mueras.

Sin apreciar el fruto.

Y no hay acaso alguna

¡Profesión más perfecta!

Que forme toda carrera.

¡Cómo la de ser maestro!

Te admiro por ser aquel.

Que en el umbral de un aula conoce.

Muchos doctores, abogados.

O un futuro presidente...

¡Qué profesión más entera!

Y muchas veces marginada.

Como la de ser maestro.

Que admiro de amor sincero.

Porque desde Sócrates bajo un árbol.

¡Hasta el día de hoy, señores!

La prioridad de la educación con honores.

¡Se sigue, llamando maestro!

Poema N.º 011.

Libro: Poesías y Poemas.

Autor: Anthony Josué Flores Reyes.

SUSURRO

Bésame en la oscura noche
De tu cuarto, en la ventana.
Con tu música de fondo,
Ven y tócame hasta el alma.
Y no hablo de caricias.
Ven y ámame con rima...
Que para cuentos de hadas
Yo ya no soy una niña.

Quiéreme obsesivamente,
Como un hombre lo sabe.
Desde lo más erótico,
Hasta lo más afable.
Que mis manos y las tuyas
Jamás se extrañen.
Y nuestro amor se labre
Con un beso en las mañanas.

Quiéreme con la fuerza
Que tus brazos reflejan.
Y tu recuerdo en mi cabeza
Que jamás se olvide.

Tócame con los pétalos,

De esa rosa que mencionan

Ámame sin fronteras.

Sin temor.

Sin líos.

Háblame de la luna

Que bajar tanto mencionan.

Esas mentiras tan bonitas.

Que a menudo enamoran...

Poesía N.º 012.

Autor: Anthony Josué Flores Reyes.

Libro: Poesías y Poemas.

VERSO DE LAMENTOS

*Me quedé con ganas de decirte adiós.
Más la vida y el gélido destino
Nos separó sin permiso.
De saber el ocaso nuestro.
Te hubiese abrazado fuerte
La última vez que pude...
¿Te hubiese querido acaso?
Como jamás quise a nadie.*

*Hoy tus besos son recuerdos.
Un trago amargo que duele
Y que mis labios tercos y necios
Reclaman y exigen tener.
Más el corazón sufre,
Con ese dolor que acaba.
Y desfogo mis penas
Por mis entristecidos ojos.
Los mismos que brillaron
Cuando al verte sonreías.*

*Y me quedé con los versos
Y muchas cartas escritas
Unos abrazos guardados
Y un cajón lleno de besos
Que jamás te di.*

Poema N.º 013.

*Libro: Poesías y Poemas.
Autor: Anthony Josué Flores Reyes.*

Los escritores inventamos mundos que no existen, lugares a los que no hemos ido nunca, amores no vividos, y dolores que no sentimos. Tal vez para compensar la ausencia de lo que nos hizo falta vivir, o lo que deseamos. Este poema lo cree inspirado en mi hermano, que lo vi partir un día a ese sueño lejano, llamado Lima en busca de sus sueños.

LEJOS DE MI TIERRA

Un día dejé mi pueblo,
Con lágrimas en los ojos.
Buscando ansiosamente
Triunfar en la capital.
Una Lima que al llegar la noche
Agobiado por el trabajo.
La soledad, y el reproche,
A veces quería volver.

Volver donde fui feliz.
a mi pueblito en el campo.
Mi querido Cerro Blanco.
El que me vio, un día nacer.

Pero me fui acostumbrando.
Por la necesidad y el hambre
Con una angustia en el pecho
Y un dolor inexplicable
Que surgía al acostarme.
Pero me fui acostumbrando,
A ser un extraño en la capital.
Ese montubio de campo.
¡Que trabajaba como animal!

A veces lloraba solo
Añorando a mi familia,
Mis amigos, mis amores.
Que había quedado allá lejos.

Y luego, ya más tarde.
Mi esfuerzo inquebrantable,
Fue una inspiración viviente.
¡Y entonces ya de repente!
Vi, en Lima, paisanos.
Que al venirme yo, eran niños.
Buscando hoy lo mismo.
Triunfar en la capital.

Y con una cerveza en mano
Y una música norteña.
Festejamos muy alegres
Una Navidad lejana.
Esas luces en el cielo.
De los cohetes de año nuevo
Una tristeza en el alma
Por mi gente que tanto anhelo.

Y mientras por una llamada
Mi familia y amigos
Me extrañaban allá en mi pueblo.
Yo, los lloraba lejos.
¡Pero no! No estaba solo.
A mí, costado un hermano.
¡Tal vez, un mismo paisano!
O un amigo limeño.

Y hoy no lloraba solo.
Ya había forjado amistades.
Aquellos que, al retornar un día
Tal vez llorarían mi partida.
Cuando yo vuelva a mi pueblo.
Pero esta vez realizado.

(Inspirada en aquellos provincianos peruanos que viajan a la capital Lima, en busca de estudios, trabajo o nuevas oportunidades de vida)

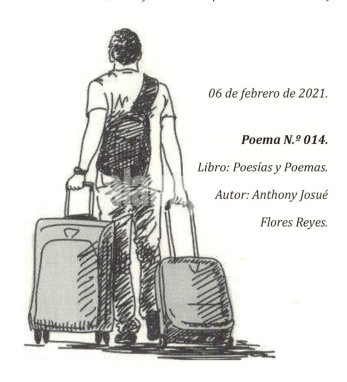

06 de febrero de 2021.

Poema N.º 014.

Libro: Poesías y Poemas.
Autor: Anthony Josué Flores Reyes.

POESÍA A MI PUEBLITO

A menudo se pregunta
¿Si hay tesoro en aquel cerro?
Sí, ¿el pasado ha dejado oro?
O los cuentos son verdaderos...

Se pregunta, por ejemplo.
¿Si un mito lo de Jupe?
La famosa dama de blanco.
De los cuentos de mi pueblo.

Se habla tanto de la pava
De los brillantes huevos de oro.
Se habla tanto de aquel cerro.
Que oculta un tesoro...

Sí, ¿es verdad? Que, en Semana Santa.
Huacos del cerro se extraían
¿Si es verdad lo que se dice?
O es un cuento o poesía.

Pero qué importa el tesoro oculto.
La verdadera riqueza es su gente.
El campesino afable.
Y sus hermosas mujeres.

No hay fortuna más grande,
¡Que esa su hermosa cultura!
Tal vez haya un tesoro oculto.
Pero la fortuna es su gente.

Poema N.º 015.

Libro: Poesías y Poemas.

Autor: Anthony Josué Flores Reyes.

Cas. Cerro Blanco – Dist. San juan de la virgen.

Tumbes – Perú.

MI ENAMORADA

Qué bonitos son tus ojos.
Que, al mirarme yo, contemplo.
La más bella alborada.
Que al verte me sonrojo.

Sí, hablamos de belleza.
Pondré, de ejemplo, tu sonrisa.
Que es capaz de la Mona Lisa.
Hasta quitarle la tristeza.

Yo, no seré Romeo, ni tu Julieta.
Pero te escribiré bonito.
En mi época por correo.
Mientras te extraño un poquito.

El calor de tus labios rojos.
Los llevo acorde con los míos.
Que en un beso mueren.
Tus labios y los míos.

Para celarte no hay razón.
Pues nuestro amor existe.
Porque entre todo el montón.
Tú, a mí, me elegiste.

Poema N.º 016.
Libro: Poesías y Poemas.
Autor: Anthony Josué Flores Reyes.

SILENCIO DEL ALMA.

He anotado canciones,
Que de memoria he aprendido.
Cómo las muchas poesías.
Que en mi cajón reposan...
Las más afinadas letras.
En cartas de amor sin envío.
Dónde te amo en silencio.
Con más fuerzas que un río.

Me sé, de memoria, la forma.
De tu delicado caminar.
Cómo mi memoria guarda.
Tu voz, como un cantar.
Es muy cruel el silencio.
De este mundo mío.
Que tú pases sin verme.
Cómo si fueses el frío.
Mi mente guarda discursos.
Declaraciones de amor sinceras.
Que siempre termina en cartas.
Y guardada en mi ropero.
¡Oh, amada mía!
No he de atreverme a hablarte,
Pero en silencio eterno.
Vivo para adorarte.

Poesía N.º 017.
Libro: Poesías y Poemas.
Autor: Anthony Josué Flores Reyes.

CORAZÓN PARTIDO

Corazón que casualmente extrañas.

Ojos ajenos que ven a otro.

La mirada que tanto añoras.

Se apaga lento, en labios ajenos.

Corazón, ya no la extrañes.

Quita la venda de tus ojos.

Que de amores nadie ha muerto.

Ni de ilusiones se vive.

Poesía N.º 018.

Libro: Poesías y Poemas.

Autor: Anthony Josué Flores Reyes.

FUE UN ÚLTIMO ADIÓS

Y aquí estamos otra vez,
Con los cálculos al revés.
Queriéndonos dejar con rabia
Pero sin ganas de perdernos.

No queremos detenernos.
Y, aun así, no entendemos.
Que el querernos hace daño.
Pero cura al mismo tiempo.

Hoy fue, otra última vez.
Que decidimos soltarnos.
Tú me invitaste a una cita.
Y yo, lo tenía muy claro.

Esa era la última vez
Y no pudiste detenerme
Solo dijiste un adiós
Que sonaba convincente.

Fue una linda despedida.
Hubo llantos por heridas.
Hubo llantos, y hasta todo.
Y así fue la despedida.

Prometiste ser feliz.
Mientras en mis brazos llorabas.
Desnuda como una niña.

La que tiembla sin frazadas.
En los fríos de un adiós.

Pero fue una última vez.
De esas que sabemos los dos.
Dónde nos decimos adiós.
Y al día siguiente volvemos.

Poema N.º 019.
Libro: Poesías y Poemas.
Autor: Anthony Josué Flores Reyes.

El siguiente poema fue la inspiración o el himno de aquel libro escrito en el año 2023, una poética y erótica novela de amor inspirada en las sombras de un amor perdido, que lleva por título el mismo nombre del poema, **"Un Último Adiós".**

EXTRAÑÁNDOTE.

Es un pesar que siento
Que hoy solo soy recuerdos.
Y el, sin sabor amargo.
De un triste lamento.

Y es posible con tantas penas.
Yo, me ha de hacer poeta.
Cómo las gotas, ríos.
Enteros van formando.

Caudalosos pensamientos
Por mis ganas van deseando.
Tras tus pasos lejanos.
Montarte un buen atajo.
Acortar distancias.
Que el orgullo le ha dado.
Un tiempo lejano.
Más lleno de recuerdos.

Y el cantar en mi pecho.
Cómo la guitarra llora.
Las canciones más tristes.
De nuestro amor muriendo.

Añado la poesía.
Que como luna brilla.
Bajo las distancias ambos.
Los dos mirando estamos.

Un suspiro al cielo.
Que es testigo de lamentos.
De tristezas en mi pecho.
Y del amor que siento.

Más como el otoño, penas.
Hojas de árbol parecen.
Desprenderse en mis ojos.
Cuando tu amor ausente.

Poesía N.º 020.
Libro: Poesías y Poemas.
Autor: Anthony Josué Flores Reyes.

ENAMORADO EN SILENCIO

Qué complejas son las palabras.
Cuando el corazón se achica.
Cuando los ojos bailan
Con un nudo en la garganta.

Qué difícil es mirarte.
Con las ansias de quererte.
Y el erizo en mi piel
Que congela mi semblante.

Qué espontánea mi sonrisa.
Que cuál sol por las mañanas.
Se presenta sin más frenos.
Al verte por mi ventana.

La imaginación latente.
De con elegancia tomarte.
Mis manos en tu silueta.
Mientras empiezo a besarte.

Que debate más grande.
El de mi mente hablarte.
De mis deseos tocarte.
Y al verte, congelarme.
Hace mucho que te observo
Te deseo, y contemplo.
Como uno observa al espejo.
Sin tocar el reflejo.

Poesía N.º 021.

Libro: Poesías y Poemas.

Autor: Anthony Josué Flores Reyes.

UNIVERSOS PARALELOS.

Yo me pinté en lo más recóndito
De mi imaginación, una vida contigo.
Incluso hay recuerdos en mi cabeza.
De momentos que entre tú y yo.
No han pasado.
Quizá imaginación mía.
¡No lo sé!

O tal vez sean pensamientos de mi otro yo.
En otro universo, donde sí se dio.
Dónde sí sucedió.
Dónde si somos.
Dónde sí estamos.
Y dónde sí nos amamos.

Poema N.º 022.

Libro: Poesías y Poemas.
Autor: Anthony Josué Flores Reyes.

ESCRIBO POR QUÉ.

Escribo porque:
Sueño con un país diferente.
Moderno, pero inteligente.
Quiero rescatar la cultura.
Que de a poco se ha perdido.
Que no se siga perdiendo.
Que se recupere nuevamente.

Escribo porque en mis ficciones.
Veo un mundo diferente.
Lo que quiero con mi Perú.
Con mis amigos, con mi gente.

Dónde el joven sea moderno.
Pero también inteligente.
Y el anciano no sea obsoleto.
Más bien, un buen ejemplo.

Que la modernidad, no sea vanidad.
Para el cuerpo y la mente.
Escribo porque añoro.
Un país diferente.

Dónde hoy solo sueños tengo.
Sosegados en poesías.
Frases y emociones.
de un país de aspiraciones.

Escribo porque pienso.
Que no todo está perdido.
Que hay futuro, sin el ocio.
Al que quiero despedirlo.

Escribo, no por capricho.
Mucho menos por democracia.
Escribo porque sueño.
Con un país diferente.

Poema N.º 023.
Libro: Poesías y Poemas.
Autor: Anthony Josué Flores Reyes.

DÍAS EFÍMEROS

¡Qué fugaces son los días!
¡Que cómo tiempo nos da la vida!
Cualquiera puede ser el último.
Un ayer, una despedida.

Vamos como hojas secas.
Arrastrados por un viento.
Qué destino se llama.
¡Y cómo vida, un lamento!
Qué días los de un lamento.
¡Que como penas canto!
Poesías de alma rota.
De un corazón herido.
Días cortos como el año nuevo.
Fue tu amor tan embustero.
Al cual extraño soñando.
Y por el mismo muero...

Poesia N.º 024.
Libro: Poesías y Poemas.
Autor: Anthony Josué Flores Reyes.

TU SONRISA.

Y al final de todo, uno las ve más bellas.

Cuando ya se han ido, cuando ya no es tuya.

Es como si se esmeran, dándonos un adiós.

Con el saludo de su cuerpo, y esa sonrisa suya...

¡Esa maldita y dulce sonrisa! A la que extrañaría tanto.

Ya no era más por mí.

Y estaba bella

Muy bella.

Solo quedó anhelarla.

Y decirle adiós...

Foto: Aldana Casariego.

Verso N.º 025.

Libro: Poesías y Poemas.

Autor: Anthony Josué Flores Reyes.

DE MÍ, PARA TI.

La playa, y la arena soleada.
Esa brisa candente.
Que hacía juego al resoplar.
Tus hermosos cabellos.
Que en mi rostro chocaban.
Desordenados por el viento.
Mientras detrás de ti,
Mis brazos te rodeaban.

La sensación de tenerte.
No para mí, sino conmigo.
No era más que la dulce aurora.
De mis sentimientos sinceros.
Que por ti nacían.

Una rosa sostenida
Que acariciaba tus labios.
Ese perfume tuyo.
¡Qué me excitaba el alma!
El corazón a flote.
Mientras te daba un beso.
Un cálido beso.
Que en tu mejilla sonaba.

Esa canción del momento,
Que del silencio trataba.
De no haber palabra alguna.
Mientras yo, te abrazaba.

De ti el motivo ardiente

De inspirarme en poesía.

De mí, las bellas letras.

Que en un verso te canto...

Poema N.º 026.

Libro: Poesías y Poemas.

Autor: Anthony Josué Flores Reyes.

RECORDARTE

Los recuerdos en mi mente.
De una mirada ausente que extraña.
El frío por las mañanas
De una cama vacía.

Ya no hay rosas en tu pelo.
Ni en tus ojos poesía.
De los versos tan bonitos.
Que a menudo te escribía.

Hoy recuerdos tan amargos.
De un dulce amor lejano.
Que se quedó en el olvido.
En los días perdidos...

Tuve el honor de tenerte.
Y la desdicha de perderte.
No ha de haber, ausencia inerte.
Que tus recuerdos en mi mente.

Quizá me añores de lejos.
Con el corazón herido.
O en otra piel olvides.
A quien tanto has querido.

Poema N° 027
Libro: *Poesías y Poemas.*
Autor: *Anthony Josué Flores Reyes.*

MERECES MÁS, MUCHO MÁS.

Yo, no me merezco esto.
Pasar los días pensando: ¿qué si has fallado.?
¿Si me has traicionado o no?
¿Si me fallaste o lo estás haciendo?
¡No lo merezco yo!
Yo me merezco la paz, que contigo al principio tenía.
Más no esta guerra insegura.
¡No lo merezco yo!
Yo, merezco mucho más.
Y tú presencia acaso, me da tan poco.
Quizá tus alas atadas.
Con el exceso de amor mío.
Quizás mi vuelo no despegue.
Con el desamor ese tuyo...

Verso N.º 028.
Libro: Poesías y Poemas.
Autor: Anthony Josué Flores Reyes.

SE QUEDÓ CONMIGO.

¿Para siempre?
¡Por supuesto que no es verdad!
Es una simple palabra
Que profundamente,
Dicen los ilusionados...

¿Pero acaso debía mentirle a ella?
Ella, que empezaba a conocer
El amor conmigo.
Y creía que todo era color de rosa.
Más yo había vivido
Las más amargas experiencias
En el tema amor.

¡Por supuesto que debía decirle!
Que la vida es cruel.
Que el amor es difícil.
Cuando es una ilusión.
Que te hace sufrir y llorar.
Y da amargas experiencias.
Cuando es una ilusión...

Y, aun así, sabiendo que lo de ella
Hacia mí, podía ser una ilusión.
Decidió seguirme, decidió quedarse,
Decidió mojarse conmigo,
En esta tempestad llamada amor.

¿Y, yo?
¿Cómo poder negarme?
Ante su formidable belleza.
¡Que coqueteaba mi corazón!
Y pues sabía y tenía claro.
Que no existen los príncipes azules.
Como ella lo imaginaba tal vez...
¡Pero por ella!
¡Por esa chica!
Yo, estaba dispuesto a pintarme de azul.
Para seguirla queriendo,
Para seguirla amando...

Poema N.º 029.
Libro: Poesías y Poemas.
Autor: Anthony Josué Flores Reyes.

TE ECHO DE MENOS.

Tal vez el tiempo sea.

Cómo las páginas de un libro abierto.

Que va contando historias

Y amores de lamento.

Más en mi pecho siento.

Un sentimiento grato.

¡Que como recuerdo viene!

Al extrañarte tanto.

Poesía N.º 030.

Libro: Poesías y Poemas.

Autor: Anthony Josué Flores Reyes.

A MI TUMBES QUERIDO

También fue tierra de incas
Victoriosa es su historia.
Dónde nace y muere la patria.
Es símbolo de victoria.

Es la tierra cuál privilegio.
Encuentra dos amantes llanos.
El bosque seco de Tumbes.
Y el infinito océano.

Un puntito entre los mapas.
Y para los peruanos un destello.
Majestuosa tierra del inca.
Mi querido Tumbes bello.

Una historia con estilo.
Un Perú, en miniatura.
Es más que una frontera.
Tierra de historia pura.

Es atalaya en el norte.
De esta querida patria grande.
Es el crepúsculo en el Sur.
De mi país, el Perú.

Poema N.º 031.
Libro: Poesías y Poemas.
Autor: Anthony Josué Flores Reyes.

VIAJERO

Viaja por el mundo, en el silencio de tus sueños.

Con el corazón lleno de anhelos.

Dando pasos por el mundo...

Y mientras escribes historias nuevas.

Vuélvete en un viajero, que montado en sus ensueños.

Va sin destino, ni paradero.

lleva el momento en tus bolsillos.

Y en el corazón la alegría.

Pues no hay vida más digna.

Que la de unos pasos bien recorridos.

Verso N.º 032.

Libro: Poesías y Poemas.

Autor: Anthony Josué Flores Reyes.

POEMA A MAMÁ

¡Equivocadamente!
Nosotros, los hijos, damos.
El segundo domingo de mayo.
Un abrazo al año.
Y los otros días, quizá.
Reniego, llanto, y amargura.

¡No es un reniego, señores!
Es la realidad de muchos.
Que tristemente en mayo.
Se acuerdan de que tienen madre.

Madre, es todo el año.
Sin feriados, ni etiquetas.
Y sin ver el calendario.
Un abrazo no hace daño.
Así esto, sea diario.

¿Cuántas veces fui yo el motivo?
De tus desvelos, madre.
Desde los nueve meses.
Hasta hoy, mis quince años.
¿Cómo poder quisiera?
Borrar aquellas penas.
Que por la vida llevas.
Detrás de una risa.

Vas desgastando tu alma.
Vida, y tus propios sueños.

Vas empujando al ave.
Para que vuele un día.

Más no te ofrezco nada.
Sí, de riqueza, hablamos.
Más que mi propio abrazo.
Y el amor que tengo.

Poema N.º 033.
Libro: Poesías y Poemas.
Autor: Anthony Josué Flores Reyes.

REALIDAD ALTERNA

En un mundo donde el sexo
Ha de importar, más que una rosa.
Los poetas ya se apagan.
Dónde nace lo jocoso.

En un mundo donde el amor.
Se busca cuál oro fino.
Y los que labran buscando.
Prefieren quedarse las piedras.

Vamos viviendo en fantasías.
Que en el ayer eran absurdos.
Vamos matando lo decente.
Mientras lo imprudente reina.

Vamos conquistando amores.
¡Como si fuesen trofeos!
Con caras y cuerpos lindos.
Aunque por dentro feos.

Hoy las melodías dañan.
Y, aun así, todos la gozan.
Ya no se mide palabras.
Que dulcemente insultan.
Melodías de intelecto corto.
Que al cantor hacen famoso.
Vamos viviendo un futuro.
Que no hubiéramos jamás deseado.

Poesía N.º 034.

Libro: Poesías y Poemas.

Autor: Anthony Josué Flores Reyes.

A LOS TREINTA AÑOS.

Uno de pequeño piensa, sueña y tontamente anhela.
Un amor de cuento, de esos que van perfectos.
Luego va pasando el tiempo. Y en la adolescencia choca.
Con los besos en la boca, que no fueron como los contaban.
A veces decepcionan y otras veces superan la mente.

Uno de la vida aprende, que es como una marioneta.
Va pasando pruebas, como si en la universidad estuviera.
Seguimos en la adolescencia, que somos como flor abierta.
Radiantes y hermosos, llamando la atención atenta.
Aquí los amigos sobran, en las fechas de cumpleaños.
Más luego van mermando, mientras los vas descartando.
Uno descubre traiciones, desleales los que queremos.
Nos volvemos ausentes, con amigos menos...

Y que hablar del amor, a la edad de los veinte.
Ya te vas decepcionando, ya no es color de rosa.
Quizá fuiste correspondido, o ya rechazaste a alguien.
Y así van pasando los años, y como fruta vas madurando.
Con una confianza fina, desgastada por los años.

A la edad de los treinta, uno ha pisado tierra.
Ya no vive en los cuentos de hadas, ni vas pisando lento.
A la edad de los treinta, la confianza es delgada.
Quizás mires atrás, y ya no duelen aquellos amores.
Que, en su tiempo lejano, dejaron aquellas.
Las cicatrices que llevas, de una cruel desconfianza.
Pues te hicieron sabio, aunque hoy te digan viejo.

A la edad de los treinta, uno ya vivió bastante.

Las suficientes decepciones, para seguir adelante...

Y es acaso aquí, donde empieza la vida.

¡Ya te decepcionaste!

Aquí se acaba el cuento.

Poema N.º 035.

Libro: Poesías y Poemas.

Autor: Anthony Josué Flores Reyes.

EL EXITOSO.

He caminado incesante
A veces solo me he sentido.
He caminado sin fuerzas.
Más como quiera he resistido.
He resistido los caprichos.
De esta molestosa vida.
Y ante ella no me ha rendido,
Sus embates más bien, me han fortalecido.
He caminado con sed.
De querer beber la gloria...
Y hasta sin fuerzas he seguido.
Para alcanzar la victoria.

He caminado muchas veces.
Solo como vine al mundo.
Porque, mientras realices tus sueños.
Serán pocos los que se suman.
Más cuando lo hayas alcanzado.
Van a querer de los frutos.

Serán muy pocos los que alaban.
Y celebran tus victorias.
Siempre habrá un fracasado.
El cual se sienta aludido.
Solo has de caminar.
Pero recuerda siempre.
Que no es la gloria de quien la quiere.
Si no más bien del que se atreve.

Poema N.º 036.

Libro: Poesías y Poemas.

Autor: Anthony Josué Flores Reyes.

LA SOLEDAD DE UN AMANTE.

Cuando ya el día ha muerto, sigilosamente avanza.
La espesa noche, en tinieblas, de cuál creciente estela.
Y el corazón tintineante, de cuál recuerdo constante.
Se va tornando tu imagen, en tu recuerdo incesante.

Mientras avanza la noche, mi andar se vuelve un poema.
Tal vez la fiel poesía, de un amante loco.
De un amante que piensa, cuál caballero en su dama.
De este amante muchacho, que te quiere con el alma.
De un silencioso poeta, que se ha inspirado en las noches.
Más, que, en las noches, tu nombre, en tu recuerdo constante...

Y así avanza la noche, de cuál silencio es profundo.
De tan profundo silencio, más afinado es mi numen.
De un amante que piensa, canta y crea en silencio.
De sus profundas entrañas, los más afinados versos.
Para su dama perfecta, aquella que ama en silencio.

La noche se ha vuelto vieja, y ahora ya es madrugada.
El amante sigue pensando, sigue creando poemas.
Sin importarle el silencio, ni cuál aurora naciente.
Porque el de noche es amante, y en el día fragante.

Y así ha creado un poema, para su diosa de Olimpo.
La más bella musa en sus ojos, la dirección de su vida.
Aquella chica sublime, que es solo suya en sus sueños.
Motivo andante de poemas, poesías y versos.

De mis románticas noches, y mis más bellos sueños.
Motivo, en vida constante, de su amante en silencio.

Poema N.º 037.
Libro: Poesías y Poemas.
Autor: Anthony Josué Flores Reyes.

TE ESCRIBIRÉ, BONITA.

Érase una vez febrero, con olor a rosas.
Peluches y corazones, de amores verdaderos.
Érase una vez febrero, con una cogida de mano.
Un beso en la mejilla, o una primera cita.

Y el corazón ardiente, de júbilo, llenó el pecho.
De quienes hoy, bajo tierra, descansan sus huesos.
Ya las épocas cambiaron, ya no son los ochenta.
O los elegantes novios de antaño.
¡Hoy están ya viejos!

Te escribiré bonita, como en los tiempos aquellos.
Los más afinados versos, que vas generando al verte.
Como las cartas de Bolívar, a su amada Manuelita.
Que derramaba el alma, dejada en cada letra.
Te escribiré bonita, como los versos de Neruda.
O como los de ángel Buesa, sin que suene a despedida.
Voy a regalarte citas, con una carta en tus bolsillos.
Para que me sigas viendo, cuando yo me haya ido.

Quiero un amor a la antigua, sin que se vea viejo.
Como el de Romeo y Julieta, retozando baladas.
Te escribiré las cartas, que tan necesarias sean.
Para día tras día, yo. Seguirte conquistando.

Poesía N.º 038.
Libro: Poesías y Poemas.
Autor: Anthony Josué Flores Reyes.

MI ABUELO ES MI PADRE.

Mientras sus negros cabellos, se van pintando de blanco.
Mientras sus fuertes pasos, se van debilitando.
Yo, lo sigo queriendo, más lo sigo adorando.
Yo, que siempre lo he visto, desgastarse a mi lado.
Hoy comprendo y entiendo, que es mi ángel amado.
Porque no es padre, el que hace.
Si no aquel que te cuida, te protege y te abraza,
Para toda la vida.

Él es mi viejo adorado, mi mejor compañero.
Quien me quiere y extraña, sin desgastes, y esmero.
Hoy, al ver sus cabellos, pintados de blanco.
Hoy comprendo que el tiempo, me lo está arrebatando.

Con él, nunca pasé hambre, ni tampoco desvelo.
Y con orgullo les digo: **¡Que mi padre, es mi abuelo!**
Él, aquel campesino, quien me va educando.
Mi padre es mi abuelo, a quien yo, quiero tanto.

Soy consciente de que, en mi vida, para siempre no estará.
Más en mis recuerdos lo guardo.
 Para siempre, aunque partirá.
Quedará algún día el recuerdo, del mejor padre del mundo.
Pues con orgullo les digo: **¡Que mi padre es mi abuelo!**

Poema N.º 039.
Libro: Poesías y Poemas.
Autor: Anthony Josué Flores Reyes.

BICENTENARIO DE INDEPENDENCIA DEL PERÚ 2021.

Hace doscientos años, el sonido de los cañones.
Anunciaban la libertad.
En las gloriosas batallas, de Pichincha y Ayacucho.
Se firmaba la voluntad...
De un pueblo oprimido, que rompió sus cadenas.
Y al opresor, mandó al olvido.
Dicen que no hay mal, que dure cien años.
Ni cuerpo que lo resista.
El peruano del pasado, el inca esclavizado.
Soportó, junto, América del Sur.
Casi tres siglos de esclavitud.
Por una corona española.
Un rey, que ni conocían.
Y que al revelarse morían.
Como el cacique Tupac Amaru.
El mensajero José Olaya.
O nuestro poeta, Mariano Melgar.
Que pasó, del papel y las poesías.
A los cañones y fusiles.
Para la patria defender...

O el corazón ardiente.
Por un grito de libertad.
De nuestras mujeres patriotas.
¡Libertad!
Esa palabra anhelada.

Y que los latigazos y fusiles.
¡Cómo sueño apagaban!
Los fusiles, los golpes y castigos de inquisición.
La hacían ver un sueño lejano.
Tan lejano como el negro vendido,
O la mujer que, aunque criolla,
Pertenecía al marido...

Mestizo, zambo y moreno.
Una mezcla de nuestras sangres.
Una historia con violencia.
Del cual hoy somos herencia.

Y entonces el pueblo abusado.
Se despojó del verdugo.
Y peleando con el pecho.
Y la corona con los fusiles.
Ganó el ejército patriota.
Y la esclavitud a su fin.

Hoy, doscientos años después.
Con orgullo, Perú, te canto.
Y celebro la independencia.
Con orgullo, fervor y llanto.
Y si la oportunidad tuviera.
De volver a nacer un día
Sin dudarlo, patria querida,
¡Mil veces te elegiría!

Porque la patria no es solo Lima.
¡Si no sus heladas montañas!

También el norte candente.
Y de la selva sus entrañas.

Hoy celebramos la independencia.
Y con el corazón te canto.
¡Con el volumen hasta el Huascarán!
¡Él contigo, Perú, carajo!

Desde la humildad de mi patria morena, felices doscientos años de independencia y vida republicana, mi querido Perú. Tumbes, 28 de Julio de 2021.

Poema N.º 040.
Libro: Poesías y Poemas.
Autor: Anthony Josué Flores Reyes.

¡LIBERTAD!

La imagen del día y de la independencia,
La popular foto que se hizo viral en fiestas patrias del año 2024.

Al fondo, los andes...
Nuestra bandera flameando como nuestros ensueños de la juventud.
Y la niña vestida con trajes andinos, corriendo para que la bandera y sus colores hermosos, los más hermosos del mundo... lusca bella y extendida.

Una metáfora que encierra un mensaje claro y profundo en su ilustración.
Cuando corramos persiguiendo nuestros sueños e ilusiones y al alcanzarlos.
El país se pone en marcha, como la propia bandera flameando,
En la impoluta nieve de los andes peruanos...

Verso N.º 041.
Libro: Poesias y Poemas.
Autor: Anthony Josué Flores Reyes.

TU ABUELO.

En mis canas llevo la historia,
Que por tus venas recorre.
Yo te quise como nunca.
Cómo no supe amar a mis hijos.

Y compensé mi ausencia en ellos.
Estando siempre a tu lado.
Cerrando los vacíos que, en ellos.
Llenándote de buenos recuerdos.

Me comporté como me hubiese gustado.
Hacerlo con los hijos míos
Y te llené de cariño, como si fueras mío.
En el cielo o en la lejanía
De mi casita en el campo.
Te extraña y te quiere tu abuelo.
El que te añora tanto...

Poema N.º 042.
Libro: Poesias y Poemas.
Autor: Anthony Josue Flores Reyes.

TUS DIECIOCHO.

Hoy la aurora ha despertado.
Con semblante de alegría.
Esta trae debajo el brazo.
Un regalo para tu vida.
No es un día cualquiera.
De esos que pasan inesperados.
Son tus dieciocho diciembres.
Que a tu vida han llegado.

Tal vez, como consecuencia
En tu pecho haya nostalgia
Al saber que aquella niña
Es toda una señorita.

No sienta tristeza alguna
Que hoy es día de festejar
Pues la aurora está invitando
La princesa a levantar.

No sé cumple dieciocho.
Todos los días en la vida.
En esta fecha especial.
Un abrazo a ti, querida.

Y un deseo incomparable
De que hoy en adelante
Aquellos días venideros
Los disfrutes con esmero.

Y pues no soy el Rey David.
Para cantarte las mañanitas.
Más un abrazo distante.
Y una poesía a ti bonita...

Poema N.º 043.
Libro: Poesías y Poemas.
Autor: Anthony Josué Flores Reyes.

VERSO

Más mis lágrimas secaron.

Una pena que me agobia.

De un recuerdo que dolía,

El día en que partiste.

Y prometí ser feliz,

Si desde lejos estabas.

Más nuestro amor recuerdo.

Cómo en los cuentos de hadas.

Verso N.º 044.

Libro: Poesias y Poemas.

Autor: Anthony Josué Flores Reyes.

FELIZ POR UN MOMENTO.

Anoche soñé que eras mía.
Que eras mi chica, y te quería.
Que, aunque solo fue un sueño.
¡Para mí, qué alegría!

Soñé con tus caricias.
Con tus besos sin malicia.
Con tu amor, con tu ternura.
¡Oh, qué sueño, qué locura!

Mía, fuiste en ese sueño.
Y yo, qué bien de ser tu dueño.
Pero al despertarme comprobé.
No eras mía, ni yo tu dueño.

Poema N.º 045.
Libro: Poesías y Poemas.
Autor: Anthony Josué Flores Reyes.

ROSAS EN MI CAMINO

Voy desojando pétalos, como rosas en la vida.
Que de amor se trata, de cual desamores vividos.
Van desfilando siempre, Muchas bellas muchachas.
Más siempre soy el camino y nunca yo, el destino.
Suelo ser aquellos viajes, tan bonitos de primavera.
Que ellas siempre van recorriendo, y en lamentos yo termino.

Siempre una despedida. Y una frase, que de memoria.
Mereces alguien mejor.
¡Siempre la misma historia!
No quiero, ni he querido nunca, ser un hombre mujeriego.
Más la vida como errores, me viene acumulado amores.
Y yo, viendo tantas rosas, cual picaflor termina.
Siempre en una más bella, aunque el corazón me rompa...
Y aunque muchas veces caiga, o el corazón me rompan.
Yo, buscaré el amor, hasta encontrarlo en mi camino.

Poema N.º 046.
Libro: Poesías y Poemas.
Autor: Anthony Josué
Flores Reyes.

NO SERÁS, PERO SÍ.

No serás primavera, pero en tu sonrisa acaso.
Veo las más bellas flores.
De un florecido jardín de amores.
Y tal vez no eres rosa, ni cual flor perfumada.
Pero tu belleza, no ha de envidiarle.
Ni los pétalos, ni los colores.

No serás felicidad, acaso.
Pero basta solo un recuerdo tuyo.
Para que en mis labios dibujes.
Una sonrisa afable.
No serás canción, pero tu voz entona.
Cual dulce melodía, que hace vibrar el corazón.
Y ante el eco de tu voz.
Tu sonrisa es primavera.
Tus pupilas, las estrellas.
Que me llenan de alegría.

No serás poesía.
Pero en tu nombre encuentro.
Las más bonitas letras.
De todo el abecedario.
No serás luna, ni el sol.
Pero cuál radiante luz.
Similar das a mi vida.
No serás vida.
Pero en mis mañanas eres.
Mi sonrisa al despertar.

No serás el todo, querida.

Pero si pareces serlo...

Poema N.º 047.

Libro: Poesías y Poemas.

Autor: Anthony Josué Flores Reyes.

¿DÓNDE SE FUE MI AMOR?

¿Y cómo quedo yo?, después de tu partida...
Usted en mi pecho creó ilusiones, como el propio arcoíris.
Y se fue alejando, cruel, como la luz del relámpago...

Me arrancó un destello del alma, que sonrisa se llamaba.
Y se llevó en las maletas, mi dichosa alegría.
¿Y cómo quedo yo? Después de su viaje.
Que usted se fue volando,
Cuál ave salvaje...
Se perdió lento en las nubes, de la oscura despedida.
Cómo se pierde la luz, que a la noche remplaza...

¿Dónde queda mi alma? Que en tu pecho reposa.
Sí, usted se fue corriendo.
Detrás de otros pasos...
¿Dónde poso mis manos? Mis besos, y cariño.
Que por ti se desborda, como el río crecido...
¿Dónde quedo yo?
Con su infame partida.
Que me quitó sus besos, caricias y cuerpo.
¿Dónde yo la olvido? Señora de mi alma.
Sí, en la misma alma mía, se me quedó grabada...

Poema: N.º 048.
Libro: Poesías y Poemas.
Autor: Anthony Josué Flores Reyes.

MI PRINCESA.

Estoy enamorado...
De la doncella más hermosa.
De su amor, de su ternura.
¡Oh, qué chica, qué dulzura!
Por las noches concilio el sueño.
Con tu sonrisa de niña hermosa.
Con ese amor que me hace tu dueño.
Con tu belleza, princesa hermosa.

Me vuelves loco con tu presencia.
 A veces triste, por tu ausencia
Que domina esta tristeza,
Cuando te alejas, princesa hermosa.

Que al leer este poema.
No te vayas a molestar
Al saber que te amo tanto.
Que tus labios quiero besar...
Eres la luz de mi grandeza.
Ese amor que estuve esperando,
Eres tú mi princesa hermosa.
La bella chica que estoy amando.

Poema N.º 049.
Libro: Poesías y Poemas.
Autor: Anthony Josué
Flores Reyes.

LA CHICA DE MI VENTANA

Y al verla cruzar, suspiraba.
Ella tan bella como una rosa.
Y yo, contemplándola desde mi ventana.
Perplejo me dejaba.
Su belleza deslumbrante
Aunque al lado ella vivía
Ni, siquiera, yo le hablaba.
Aunque ganas no faltaban
Mi timidez y su mirada
Siempre, siempre me callaban,
Ella cruzaba de largo.
Y yo suspirando quedaba...

Por las noches estrelladas.
O de luna resplandeciente
Ella frente a mi ventana,
Y desde la mía, yo suspiraba.
Ella en tangas muy pequeñas.
Se lucía en su ventana...
Agitando sus cabellos.
Mientras la luna miraba.
Más como si ella, la luna, fuera.
De mi ventana la contemplaba.
y yo de nervios me ocultaba
Cuando ella me miraba.
La amaba tanto en silencio.
A través de mi ventana.

Pasó un tiempo, lapso largo.
Que yo nunca pude hablarle
En su nombre escribí cartas
Que jamás llegué a enviarle.
Su figura en mis paredes.
Que yo a pulso dibujaba…
¿Era talento mío?
O en silencio yo la amaba.

Ayer me llegó una carta,
En una boda fui invitado
Después de casarse entonces.
Me acerqué a felicitarla.
Fuertemente, me dio un abrazo.
Más en sus mejillas, lágrimas…
Y en mis ojos de tristeza.
Al verme, se marchitó su risa.
Y su voz susurro a mi oído.
¡Siempre esperé que hablaras!

Poema N.º 050.

Libro: Poesías y Poemas.
Autor: Anthony Josué Flores Reyes.

EL HOMBRE ME HA LASTIMADO

(El poema del planeta)

Le brindé mi afecto y un techo cargado de vida,
vertida de la más grande dicha y una basta armonía.

Se reprodujo cuál larva, en mis cinco continentes.
Y taló mis pulmones, picándome hasta el alma.
Desplegó cañones de guerra y veneno en mis aires,
me intoxico los pulmones, dañándome hasta el ozono de mis entrañas...

Se portó cuál larva, comiéndose todo, que en mis entrañas
de planeta, yo tranquilo guardaba.
Y dañó mis aguas limpias, con sus negros petróleos.
Y mis lágrimas por la tala, desplegaron tormentas...
Le imploró a sus dioses cohibido, calmar su desgracia.
Que por sus propias manos, él creó el desastre.
Él mató mis suelos cargados, de una abundante vida,
Y la vida en ellos, su flora y su abultada fauna.
Exterminó especies poniéndolas, al irremediable extinto...
Se portó cuál larva mala, que come, ensucia y acaba...

Sus infames guerras con sed de unas tontas conquistas,
envenenó mis cielos, mi aire, y hasta mis propios mares...
Yo le di cobija, la vida y hasta mi propia alma...
Y con sus inventos tontos
Me amontonó basura y asco.
Yo para defender mi vida, le cree calores intensos
Desastres que son los frenos,
Para aplacar su ignorancia...

Poema N.º 051.

Libro: Poesías y Poemas.

Autor: Anthony Josué Flores Reyes.

No he visto especie más tonta, y que en su inmensa ignorancia intenta, e invierte largos años y dinero en descubrir vida en el planeta rojo (marte) que es peor que un desierto, mientras en su intento por lograr aquello, destruye su propio mundo, este que parece un oasis cargado de vida. Quiero sembrar conciencia desde mi voz de poeta, me contento con que uno de mis lectores plante un árbol cualquiera que este sea, donde sea, por lo menos una vez en su vida.

Si yo fuera el primer presidente mundial. Mi obra ecológica sería plantar los desiertos y frenar a cero la tala de árboles…

ELLA ERA LA NIÑA.

Ella era la niña, que sufriendo estaba
Por un tonto aquel, a quien ella amaba.
Ella en su dulzura, siempre fiel, le era.
Él, en su amargura, nunca supo comprenderla,
La niña en su dulzura, nunca de su amargura.
por quién ella ha amado tanto y que nunca
ha comprendido...

Ella es tierna, cual princesa, solía pensarlo
y suspirar.
Al mirarlo en las estrellas,
O un suspiro al despertar...
La niña enamorada, entre lágrimas vivía
Un amor que lastimaba, de aquel tonto, ella quería.
Ella nunca se alejaba, quizá por miedo a perderlo
Mientras más la lastimaba, nunca supo comprenderlo.

Él empezó a amarla, como nunca quiso a nadie.
Pero ella para entonces,
Había dejado de quererlo...

Poema N.º 052.
Libro: Poesías y Poemas.
Autor: Anthony Josué Flores Reyes.

DÉJAME AMARTE.

¿No sé qué me está pasando?
Cada día me gustas más.
Cada instante te estoy pensando,
Que perderte, quiero jamás.

Qué más quisiera besar tu boca
Y de mis brazos jamás soltarte.
Con mis besos te vuelvas loca.
Dame, amor, déjame amarte...

Permíteme ser en tu vida,
La voz que siempre te esté cantando.
Ese amor que te sea fiel...
De ese chico que te está amando.

Déjame amarte, querida,
De hacerlo no te arrepentirás.
Déjame amarte estar en tu vida.
Que cada instante te quiero más...

Déjame amarte, estar contigo.
Ser en tu vida más que un amigo.
Déjame entrar en tu corazón.
Cómo tú estás en el mío...

Poema N.º 053.
Libro: Poesías y Poemas.
Autor: Anthony Josué Flores Reyes.

TU AUSENCIA ME HACE LLORAR.

(Inspirado en mi amor de secundaria año 2009)

Cuando te alejas, me pongo triste.
Y sufro mucho tu ausencia.
Siento miedo al dejar de verte.
Siento miedo, al poder perderte.

Cuando me miras, tu sonrisa.
Me alegra, haciéndome suspirar.
Todo tu amor, me da alegría.
Pero tu ausencia me hace llorar...

Hoy he pedido bastante al cielo.
Que este día, no pase de largo.
Que hoy pueda amarte, pueda besarte.
Pueda tocarte y jamás dejarte.
También le he pedido que en este día.
Tu ausencia no me haga llorar...

Ven a mí, de mí, no te alejes.
¿Qué no vez que me haces sufrir?
No te imaginas cuánto padezco.
Cuando tu ausencia me hace llorar.

Quiero tenerte, jamás dejarte.
Quiero amarte y jamás perderte.
Quiero feliz, estar a tu lado.
Sin que tu ausencia me haga llorar.

Ayúdame y no me dejes.
Tu presencia hazme sentir.
Ven con tus besos, dame alegría.
Siente mi cuerpo y hazme sentir.
Que me amas tanto, como yo te amo.
Y que tu ausencia no me haga llorar.

No te imaginas cuánto padezco.
Cuando sin verte pasan los días.
Siento que muero y lloro tu ausencia.
Siento que muero sin tu presencia.
Siento que aire, me falta mucho.
Siento que vida, la tengo poca.
Siento que te amo, hoy más que nunca.
Cuando tu ausencia me hace llorar.

Poema N.º 054
Libro: Poesías y Poemas.
Autor: Anthony Josué Flores Reyes.

VIDA SIN VIDA

Pensé que, al separarnos.
Dejaría de sufrirte.
No he dejado, te confieso.
No he dejado el sufrimiento.

¿Cómo dejar de quererte?
Más aún al verte reír.
Pero miedo tengo al olvido.
Que aumentes el sufrimiento.
¿Qué sentido puede tener?
Tener la vida, si no la tengo.
Tener que amarte en vida, quiero.
Pero sin ti, mejor me muero...

Reír contigo, me alegra el día.
Y el no tenerte, mejor ni pienso.
¡La vida ya no la tengo!
Me la quitaste cuando te fuiste.
Me mataste con tu ilusión.
Me rompiste el corazón...
Me haces sufrir con solo quererte.
Tener que amarte, sin tenerte.
Me haces sufrir con esta vida.
Que más que vida, parece muerte.

Poema N.º 055.
Libro: Poesías y Poemas.
Autor: Anthony Josué Flores Reyes.

CADA VEZ

Cada vez que escribo un poema, me inspiro pensando en ti.
Con tu ausencia que me envenena, con los recuerdos que llevo en mí.
Cada vez que, en mi inspiración. Suena tu nombre, recuerdo tu amor...

Te escribo un poema, una canción. Aunque al hacerlo cause dolor.
Cada vez que en ti estoy pensando, Me pongo triste, porque te has ido.
A veces lloro, al saber que perdido. La mujer que tanto he amado.

Cada vez que en mi mente llegan. Nuestros momentos de enamorados.
Recuerdo tu amor, que en mí navega. Tus dulces besos, que no he olvidado.

Cada vez que alegre sonrío. Al recordarte me pongo triste.
· Te lloro a gritos, te lloro a ríos.
Te sufro mucho, por qué te fuiste...

Poema N.º 056.
Libro: Poesías y Poemas.
Autor: Anthony Josué Flores Reyes.

SABER QUE TE HE PERDIDO

Es difícil saber la realidad, más difícil es aceptarla.
Saber que en sueños te tengo; pero que realmente no.
Que al pasar por mi ex colegio y mirar aquel balcón.
En el que solíamos conversar. Solo me queda, suspirar y suspirar.
Saber que ya no estás, saber que te he perdido...

Que, con solo mirar tu carta, que aún conservo en mi cuaderno.
Saber que tus limpias manos, escribieron para mí.
Que al leerla causa dolor, más saber que te he perdido...

Pensar en tus dulces besos, que muy difícil vuelva a probar.
Así, al igual que tus abrazos, tu sonrisa, y tu perfume.
Que, quizá, no vuelva a oler.
Saber, que no es posible, saber, que te he perdido...

Saber que, aunque te vea, no puedo acercarme a ti.
Decirte pausadamente, que te extraño, Que me haces falta,
que te amo y te necesito.
Me duele saber, que estás con otro, mi corazón sufre el dolor.
Con saber que puedo perderte.
O aceptar, que te he perdido...

Poema N.º 057.
Libro: Poesías y Poemas.
Autor: Anthony Josué Flores Reyes.

¿DÓNDE NOS LLEVARÁ LA VIDA?

¿Dónde nos ha de llevar el viento del destino?
Que mareados de amor vamos.
¿Dónde nuestros pasos ligeros?
Encontrarán lo que buscamos.
Vamos de la mano juntos, como aves, que van volando.
¡Como aquel frío, los pingüinos!
O el sol que a la tierra besa. Aunque la luna, con su frío.
Dejé posar sus celos.
Somos amantes locos, que en un crucero vamos
Está llamado vida, tomados de la mano.

¿Dónde nos ha de llevar el viento?
Que, como hojas de otoño, arranca.
Y nos va llevando lejos, sin calcular mi añoro.
Que más amargo el tuyo, vamos tomados de la mano.
¿Dónde nos ha de llevar la vida?
Después de un largo viaje,
Espero que estemos juntos.
Aunque en la muerte, este acabe.

Poesía N.º 058.
Libro: Poesías y Poemas.
Autor: Anthony Josué Flores Reyes.

POR UN BESO.
(DIEZ)

Por un beso de tu boca,
Dos miradas te daría.
Tres abrazos, que demuestren.
Cuatro veces mi alegría.
Y en mi quinta sinfonía,
De mi sexto pensamiento.
Siete veces te diría.
Las ocho letras de un "te quiero".
Porque, nueve veces por ti vivo.
Y diez, por ti muero.

Verso N.º 059.
Recopilación.
Autor desconocido.
Libro: Poesías y Poemas.
Autor: Anthony Josué Flores Reyes.

LOS CACTUS NO SE ABRAZAN.

Nada es suficiente, cuando alguien ha decidido soltarte.
Haga más bien algo memorable por sí mismo.
Recoja los pequeños pedazos de su corazón,
Deponga las armas en el amor,
¡Y ya no insista!

Lo bueno de todo aquello.
Es que el amor es renovable.
Te volverás a enamorar... y el tiempo es tu mejor aliado.
Los cactus no se abrazan.
Porque lastiman, hacen daño y te traspasan el alma...

Poema N.º 060.
Libro: Poesías y Poemas.
Autor: Anthony Josué Flores Reyes.

ELLA.

Ella, tiene aquello que cualquier dama no tiene.
Y no es su cuerpo esbelto, ni si alborotado cabello suelto.
Ni su sonrisa de Ángel, que deslumbra todo mi ser.
Ni su belleza afable, que, en su solo presencia,
Mi sonrisa ha de despertar.

No es aquella cintura, cuáles curvas.
Con la que todo hombre sueña, y desea tocar...
Ni sus pechos perfectos, en cuáles mis ganas se pierden.
Es toda ella, y más que ella, lo que me hace conformar.
Que me deja, sin las ganas, de otra mujer querer mirar.
Es su dulce simpatía, la que me alegra mis días.
Los que grises lucían, antes de su llegar.
Es el arte más perfecto, que sin pincel se ha pintado.
Es la más bella poesía, que me tiene enamorado.

Y hasta hablando en lo perverso,
A mí me tiene alborotado,
Alborotado el corazón, y eres tú el mal pensado...
Ella, es la chica que quiero, tan perfecta que he encontrado.
Tiene todo aquello que un hombre.
Desea verle a una mujer.
La más perfecta de todas.
Que la imagino hasta en la cama.
Durmiendo con esa paz, que me tiene hipnotizado...
No le encuentro defecto alguno,
No le veo, no consigo.
Lo único que no es perfecto.
Es que ella, no esté conmigo.

Poema N.º 061.

Libro: Poesías y Poemas.

Autor: Anthony Josué Flores Reyes.

Foto: Luz Clarita.

MI INFANCIA.

Mi infancia con olor al campo, y el dulce cantar de las aves.
Montado en un jumento, al trabajo de mi padre...
Un hombre que no lloraba y que llegué a convencerme un tiempo.
Que los papás no lloran.
Hasta que lo vi llorar por mi madre.
¡Y como el corazón se achica!, cuando vez llorar a un padre.
Sus manos siempre lucían gruesas.
Por el trabajo del campo.
Pero su corazón tan blando, por mí, y mis hermanos.
Tuve una infancia gris, que pintaba con mi hermano.
Inventando los juguetes, que papá no nos compraba.
En nuestras manos, siempre. Siempre había trabajo.
Tanto, que de repente, hasta llegué a odiarlo.
Sin pensar que años más tarde.
Por ello mismo, llegué a amarlo.
Cuando llegué a comprenderlo, papá ya estaba viejo.

Tuve una infancia aquella, como los días de invierno
A veces la lluvia me daba, y otras el sol me agobiaba.
Los olores de mi infancia, van grabados en mi memoria.
En los recuerdos gratos, de una jodida historia.
Y un pincel llamado sueños, con el que aprendí a pintarla.
Esta vida tan grisácea, con final de arcoíris.

Poesía N.º 062.
Libro: Poesías y Poemas.
Autor: Anthony Josué Flores Reyes.

EL ABORTO

No es error, aunque parezca, ni tampoco, es un fracaso.
Es el fruto de un amor, de quienes se han querido tanto.
Aunque no fue planificado. Se ha concebido con amor.
No merece con la muerte, que lo expulses de tu vientre.

Ya eres madre, ya eres padre. No le niegues esta vida.
Dale la oportunidad, siquiera; de vivirla junto a ustedes.
Piensa que él, te está sintiendo. Que su vida, es su ilusión.
No actúes fríamente. El aborto no es la solución.

Ya que pasó, precisamente. Él no es un error, no es un desliz.
Piensa mañana en el futuro. Aquel hijo te hará feliz.
¿Por qué negarle una vida a tu lado? ¿Por qué matarle su ilusión?
No seas cobarde con esta vida. El aborto no es la solución.
Gozaste mucho al hacerlo. ¡Irresponsable, caliente!
Él, no es culpable de tus errores. No lo elimines con la muerte.

En memoria de todas esas luces que se apagan antes de tiempo, de los que llamamos errores, por error. Y de aquellas mentes brillantes, como las de un genio, deportista, cantante, o inventor que tú, no dejaste nacer, o que estás a punto de interrumpir su llegada.

Poema N.º 063.
Libro: Poesías y Poemas.
Autor: Anthony Josué
Flores Reyes.

SUEÑO O REALIDAD.

Todo esto parece un sueño.
Pues no sé si estoy despierto
Fantasía pareciera,
El amor que por ti siento.
Si alguien me está escuchando,
Que me diga que estoy haciendo.
¿Si es acaso esto un sueño?
O en verdad, lo estoy viviendo…

No quisiera que tus caricias…
Que tus besos, sin malicia.
Que ese amor sea un sueño.
¡Qué terrible decepción!
¡Si esto es un sueño, mi Dios señor!
Permíteme estar siempre dormido.
Quiero estar con mi gran amor.
Entre sus brazos sumergido.

Sí, es realidad este acaso.
Que no se acabe, que no termine.
Quiero feliz ser a tu lado.
Que nuestro amor, nadie lo arruine.
¡Qué bien me siento, si esto es un sueño!
¡Qué bien me siento de ser tu dueño!
Pero quisiera, ya, despertarme.
Ver si eres mía, o solo un sueño.

Poema N.º 064.
Libro: Poesías y Poemas.
Autor: Anthony Josué Flores Reyes.

SUPLICIO

En un lugar solitario
De esos que suenan al olvido.
Dónde te he echado de menos.
Sin sentir el frío...

De ese adiós eterno.
Que acongojó mi alma,
Doblando mis sentimientos
A un forzoso olvido.
No gano nada llorando.
Más en el llanto, te recuerdo.
El afán de extrañarte.
Mientras al cielo miro.

Te fuiste sin despedirte
Más la vida condujo.
Tus leves pasos ingenuos,
Dónde te esperaba la muerte.
Y yo me quedé añorando.
Ese es tu amor bonito
Con la vista perdida
Esperando volver a verte...

Poema N.º 065.
Libro: Poesías y Poemas.
Autor: Anthony Josué Flores Reyes.

LA CIUDAD DEL SILENCIO.

Hoy visité la ciudad donde te hospedas.
Desde hace más de ocho meses.

Esa del silencio, de las penas y de los lamentos.
Donde se alzan las cruces.
Y las almas vuelan en el aliento final de una despedida.
Y donde los recuerdos resuenan, como el cantar agónico
de las campanas.
En cada paso que daba, cada foto que mis ojos tomaban.
Al avanzar a tu tumba.
Las flores que llevo duelen; aunque estas sean bellas.

Voy con una pena onda, como las aguas frías del océano.
Calles desiertas. Donde sonaba apenas el silencio cruel
de los recuerdos, que me trasportó al pasado.
al día en que partiste...
En aquel campo santo había, calles desiertas.
Cubiertas de un cruel silencio, como la ciudad de Chernóbil.
Y el corazón agitado, por las ilusiones ya perdidas.
Abrazado a los recuerdos, en una ilusión serafina.
como el último día.
¡La última vez que te vi!

¡Te extraño, papá!
¡Y no quiero que sientan pena por mí!
Déjenme abrazar mis recuerdos.
Y sufrir mis penas.
Que sus comentarios no me hacen falta.
Vayan más bien, y abracen a sus padres
a sus hijos o a sus abuelos.

Den la vuelta antes de salir a la calle.
si eres el hijo malcriado o rebelde.
que, en el corazón de tu viejo.
causas destrozos como el propio huracán.
o ruido en su alma como el mismo trueno.

Date la media vuelta. Si tu papá o mamá.
Está en la hamaca de tu casa, colgada junto a las vigas.
Como nuestros ensueños cuando somos niños.
Dale unos segundos de obsequio,
¡los abrazos no lastiman!
Si lo hacen más bien, cuando quieres hacerlo.
Y ya no existe quien. Cuando es solo un recuerdo,
Al que amargamente no podrás abrazar.

Los abrazos del día del Padre o de la Madre.
Son solo excusas, que inventaron para vender.
¡Todos los días ellos son tus padres!
Así que todos los días, demuestra.
que eres un buen hijo.
Duele...
Cuando eres tú el ejemplo de una despedida.

EN MEMORIA DE MI PAPÁ
Al 02 de junio del 2024.

Poema N.º 066.

Libro: Poesías y Poemas.
Autor: Anthony Josué Flores Reyes.

Papá, estarás presente en cada instante de mi vida.

LA TUMBA

En ella descansa un hombre.

Que de blanco está vestido.

Y de rojo está su pecho.

Y en el alma, está el olvido.

La tumba está ahí.

En el campo santo.

Dónde descansa mi amado.

A quien yo, he querido tanto.

Poema N.º 067.

Autora: Yania Lilibeth Espinoza Pardo.

Libro: Poesías y Poemas.

USTED SE ME LLEVÓ LA VIDA.

En sus ojos encierra el fuego
que encendía el volcán de mi corazón.
En su alma, llena de paz y luz. Posaban mis sueños.
Los sueños que vertí de niño, en el nombre de un amor bonito.
Tú lo eras, tú eras ese amor...
Y yo estaba ahí.
Contemplando tu belleza, sosegado por los besos tuyos.
Que me rozaban hasta el alma.

En tu voz.
Que nacía de esos labios. Esos hermosos labios rosa,
En los que se perdió mi vista; por estar enamorado.
Cómo se pierde la misma vista.
En el sin fin del mar...

Me perdí en tu piel eriza, suave y delicada.
Cómo los mismos pétalos de una rosa.
Y que al palpar entonces mis manos.
Yo toqué lo imposible... que era tu amor bonito,
Que en mis sueños vivías, alimentando mi alama
en el nombre del amor.

Usted se me llevó la vida.
Con su inesperada partida, llena de soledad y olvido.
Llena de lamentos y llanto.
Cargada de una amarga pena, que me heredó tu partida...

¡Te extraño!

Y en mis recuerdos vives flotando, como el más hermoso sueño,
cuando aún no te alcanzaba, cuando aún no te tenía.
¡Te recuerdo!
A cada instante en silencio,
Cómo se extraña los gratos y elocuentes,
Momentos de una infancia.

Usted se me llevó la vida.
Cuando me manoseo hasta el alma, con el dolor de su partida...
El fuego se ha apagado. El sueño ha despertado.
En una realidad ajena, como la de una amarga pena.
Te extraño, y acaso vivo en silencio, mis más amargas penas.
Desde el día en que partiste.
Te adoro...
Pero esta vez, con la esperanza perdida.
Porque usted se me llevó la vida... Desde que se fue con la muerte.

Poema N.º 068.
Libro: Poesías y Poemas.
Autor: Anthony Josué
Flores Reyes.

ANOCHE

Anoche. Mientras miraba la luna
Pensaba en ti, mujer.
Y al acostarme ya de repente...
En un sueño te ha encontrado.
Anoche. Quise jurar que ya te he olvidado;
Pero el frío de las tinieblas.
Me hizo temblar y darme cuenta,
Qué por todo y con todo.
Necesito de ti mujer.
Anoche. Antes de dormir,
La soledad me acompañaba;
Pero al estar yo, bien dormido.
En un sueño te encontré...

Anoche me he dado cuenta, que sin tu amor.
A la conclusión he llegado.
Que he de olvidarte, y ser feliz.
Más seguir sufriendo, pensando en ti.
Anoche.
He comparado el pasado,
Con lo feliz que fuimos un día.
Lo he comparado con el gris presente,
Sin ser nada, sin ser los dos...

Anoche.
Le he preguntado al corazón:
¿Por qué te ama tanto?
Sí, lo rechazas.

¿Por qué mis ojos mirarte tanto?
Si ni siquiera me ves a mí.
¿Por qué mi sangre caliente?
Si con sangre fría me tratas tú.
¿Por qué mis manos quieren tocarte?
Si tú, ni abrazo, quieres de mí.
¿Por qué mi boca desea besarte?
Si tú, ni un beso deseas de mí.
¿Por qué mi mente, pensarte tanto?
Sí, tú, ni siquiera piensas en mí.
Le he preguntado a mis sentidos.
Y ninguno me dio respuesta.
Más mi corazón herido,
Que te extraña y te lamenta...

Poema N.º 069.
Libro: Poesías y Poemas.
Autor: Anthony Josué Flores Reyes.

LOS RECUERDOS DE TU AMOR.

Aún percibo el calor de tu cuerpo
Que no me deja, que no se va.
Momentos hermosos, viví contigo.
Me dejan recuerdos de tu amor...

Mientras escribo, mientras juego
Veo tu foto, en mi celular.
Vuelven a mí, esos momentos.
Los recuerdos de tu amor...

Paso la noche mirando la luna,
Para crear un poema más.
Camino andante y desalentado,
Con los recuerdos de tu amor...

A la distancia has logrado decirme
Que mi amor en ti persiste.
Pero te fuiste y solo me quedan,
Los recuerdos de tu amor...

Reclamo a gritos oír tu nombre,
Y solo oigo, un silencio cruel.
Me pongo triste y a veces lloro.
Con los recuerdos de tu amor...

Mis amigos me aconsejan.
Que me olvide de tu amor
Tus recuerdos no me dejan.
Y me causan más dolor...

Quiero hablarte y estás tan lejos,
Quiero abrazarte y no estás aquí.
Quiero borrar estos recuerdos.
Pero mejor los dejo en mí...

Poema N.º 070
Libro: Poesías y Poemas.
Autor: Anthony Josué Flores Reyes. .

EL RECUERDO.

Ha venido la soledad a buscarme,
Y me ha abrazado la tristeza.
Triste beso el recuerdo...
Y le hablé, de ti al silencio.

Me acosté con el pasado,
Y desperté con la esperanza.
De que algún día estés a mi lado.

Poema N.º 071.
Libro: Poesías y Poemas.
Autor: Prof. Máximo Javier Solís Mendoza.

MEJOR DE MÍ, TE VAS.

Me has enviado a preguntar.
¿Si contigo quiero volver?
Que aún me extrañas, que no has olvidado.
Que vuelva a ser tu enamorado.
Qué más quisiera volver contigo,
Pero mi orgullo puede más.
Con tu traición quedé dolido.
Y tú, de mí, mejor te vas.

No volverás a estar conmigo,
No volverás a estar jamás.
Aunque por ti, esté perdido.
¡Tú, de mí! ¡Mejor te vas!

Sí. Fue muy lindo lo que tuvimos.
Pero el pasado se queda atrás.
Muchos amores hay en la vida,
¡Y tú, de mí, mejor te vas!

Si crees que río, con este verso.
En mí, mentira, no encontrarás.
Que aún te amo, con esta herida.
¡Pero de mí, mejor te vas!

Aún te recuerdo, no lo niego.

Pero te odio por tu traición.

De ti nunca pensé escuchar.

Lo más terrible, una decepción.

Que han terminado, que él ya no es nada.

Y que, con él, volverás jamás...

Que aún te amo, con lo que hiciste.

¡Pero de mí, mejor te vas!

Que me quieres y me amas.

Y que conmigo quieres volver.

Que aún te amo y estoy dolido.

Que aún me quieres y aquí tú estás.

Pero, aunque te ame y esté perdido.

¡Tú de mí, mejor te vas!

Poema N.º 072.

Libro: Poesías y Poemas.
Autor: Anthony Josué Flores Reyes.

LLANTO DEL CORAZÓN.

Rodeado de botellas y alcohol en mi sangre.
Una musa en mi cama, para olvidarme de ella.
Ella que está impregnada, como el corazón al pecho.
Y yo quisiera arrancarla, aunque por ello muera...
Llevo su olor en mis recuerdos, y en mis ganas caigo.
Rendido en una copa, al acordarme de ella.
Lágrimas en mi pecho, como los rayos candentes.
Que atraviesan mi ventana, como el sol por las mañanas.
¡Yo quise a esa mujer, señores! Como no quise a otra.
Y me dejó unos recuerdos, y el pecho vacío...
Te he echado de menos, en mis momentos más fríos.
Yo me quedé tus recuerdos, y tú borraste los míos.
Hoy tengo un mar en mi pecho, de unas lágrimas anchas,
Que como ríos bajan, al recordar tu cariño...

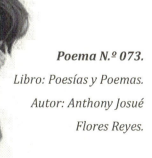

Poema N.º 073.
Libro: Poesías y Poemas.
Autor: Anthony Josué Flores Reyes.

SE HA MUERTO MI AMADA.

Llevo un traje de negro el color;
Porque ha partido, me ha dejado.
Esa chica mi gran amor
A quien, por tanto, yo he amado.

Penas en mi alma ella ha dejado.
Llanto en mi pecho, se fue al olvido.
Se fue a la tumba a quien he amado.
Más sufro mucho, que la he perdido...

Hoy luzco el negro, lloro profundo.
Porque ha partido, quien tanto he amado.
Se va, se aleja de este mundo.
Pero en mi pecho siempre ha quedado.

Poema N.º 074.
Libro: Poesías y Poemas.
Autor: Anthony Josué Flores Reyes.

YA TE HABÍA PERDIDO.

No supe valorarte, cuando te tenía.
Cuando era todo para ti, cuando eras mía...
No supe medir mis actos.
Que de a poco te alejaban.
Esos pasos hacia atrás, que en nuestro amor dabas.
Y cuando te amé con toda el alma,
Tú, hace tiempo, te habías ido.
Aunque aún estabas presente,
Para soltar mi mano...

Yo, lamenté llorando, el no haberte valorado.
Creyendo que jamás te fueras.
Me aferré luego a tus manos.
Que, para aquel entonces, ya para mí, eran ajenas.
Y yo, sin darme cuenta, me quedé con la pena.
Esa de verte sola, pero ya no querer conmigo.
Y luego un corto tiempo, verte de novia.
Con tu amigo.
Uno, en el amor, descuida lo que está seguro.
Pensando que jamás se irá,
Hasta que tarde te das cuenta.
Y luego te toca de lejos.
Mirar lo que quisiste,
¡Aquel amor que tuviste,
Y qué perdiste al no valorar.

Poema N.º 075.
Libro: Poesías y Poemas.
Autor: Anthony Josué Flores Reyes.

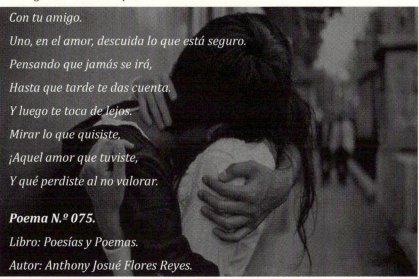

DENTRO DE MI CASA.

¡Hay locura mía...! Que solo mi alma conoce.
Dentro de mi casa, nadie más que la soledad,
me describe en sus sombras...
Aquellas dulces sombras al crear poesía...
Aquellas amargas, cuando extraño lo perdido.

Pero bien...
Vivo solo, acompañado quizá de las ilusiones mías:
Muchas cartas que no envié,
Fotos de una infancia, que lejana en el tiempo.
Pero que siempre llevo en mi alma...

Solo.
Pero siempre acompañado.
De la fiel soledad que a veces trae melancolía,
En mi foráneo destino, de mi gris y soleada vida...

Madrugo, sin tener siquiera responsabilidad de un trabajo.
Un lápiz y una hoja en blanco
La soledad de la madrugada,
Que es mi mejor compañía.
A veces me acompañan, también, unas infames lágrimas,
que aquel papel se moja, cuando la noche es helada,
cuando el corazón se enfría...

Dentro de mi casa,
Hay un calor intenso que me cobija el alma...
De los infames amores,
De las amistades falsas...

En ocasiones mis pasos guío, en una arena soleada.
En una playa mojada, con el cantar de las olas...

Y vuelvo ansioso a casa,
En donde guardo un montón de libros.
En ellos conocí al mundo,
Me enamoré de sus bellezas,
Hasta sintiendo celos, del galán, del personaje.
En ellos entendí el amor,
Y me di los más bellos viajes.
Sin salir siquiera,
De la soledad de mi casa.

Poema N.º 076.
Libro: Poesías y Poemas.
Autor: Anthony Josué Flores Reyes.

VEO EN TUS OJOS AQUELLO.

Veo en tus ojos aquello,
Que por mucho yo he buscado.
Encuentro en tus labios rosados,
Un deseo incomparable.
Que me deja sin las ganas
De mirar a otro lado.

Y comprendo hoy al verte,
Lo que mucho yo he juzgado.
Cuando la vida me ha esquivado,
Y el corazón me han roto.
Comprendo que no es el tiempo
Mucho menos, una larga historia,
Es aquel que, sin complejos.
Te hace latir el corazón…
El tenerte cerca me llena.
Más en tu mirada me pierdo
En ese sendero de picardía
Eres tú, mi alegría.
La que nunca me ha de hostigar.
Y que diariamente recito.
Veo en tus ojos aquellos.
Que es muy difícil de entender,
Pero un corazón enamorado
Es capaz de poder leer…

Poema N.º 077.
Libro: Poesías y Poemas.
Autor: Anthony Josué Flores Reyes.

SU MAJESTAD.

Que se arrodillen los reyes de la tierra,
Que va pasar su majestad, la reina...
Y ella vuelve a pasar, mientras yo en si me pregunto.
Si la belleza fuera un pecado,
Usted no alcanzaría el perdón de Dios.

Ella me miró sonriendo, por tan bonitas palabras.
Y que esto fuera un verso, yo no sabría decirlo.
Es lo que observo al verla, y lo que por usted siento.

Bajo un telón rojo, yo invitaría a pasearla.
Usted en su belleza encierra,
Aquellas bonitas palabras...
La definición aquella, de la palabra belleza.

La rosa en fineza apenas,
Quizá ose a comprarse...
Con su deslumbrante belleza,
Y su delicada alma...

Que se arrodillen los ángeles del cielo,
Que usted sin tener alas vuela.
En el castillo de la belleza,
Porque es usted una reina...

Poema N.º 077.
Libro: Poesias y Poemas.
Autor: Anthony Josué Flores Reyes.

Foto: Aldana Casariego

14 DE FEBRERO.

*Nos hicieron creer que el amor, es el amor de pareja.
Que hay que celebrar que estás con alguien.
O que vas de la mano con alguien, el día de San Valentín.
Pero no es precisamente eso...
Y está bien, si estás enamorado.
Pero lo más importante, es el amor propio.
Ese que te da la paz, y que al mirarte al espejo series
Porque te gusta, lo que ves.
Ese es amor, el amor verdadero.*

*Y si estás sufriendo. También está bien.
Porque está bien caer, y caer hasta llegar al fondo.
Y una vez en el fondo, lo que no está bien, es quedarse ahí.
Se tiene que salir, tomar impulso, amarse y flotar.
Recuerde siempre, que siempre viene algo mejor
De lo que perdiste.
Van a pasar como las auroras, como el alba.
Los catorce de febrero en tu vida.
Está bien pasarla con novia,
como también con amigos
La familia también es amor,
y también pasarla solo.
Por qué el amor verdadero.
Es más que un 14 de febrero.*

Poema N.º 078.
*Libro: Poesías y Poemas.
Autor: Anthony Josué Flores Reyes.*

DESDICHADO AMOR.

Desdichado, hombre que sufres,
En silencio, las penas.
De un amor que no es tuyo
Que de a poco te envenena.

No es la mujer, solo aquella.
La que sufre desamores.
Los hombres siendo tan machos.
También lloramos por ellas.

Desdichado, hombre que sufres.
Al ver gozando amores.
Una historia en la que no eres parte.
Donde ella, es ajena.

Ajena como sus labios,
Que a tu rival de a poco besan.
Lejano como su cuerpo,
Que por la noche añoras...

¿Por qué usted, sufre por ella?
Y en las cantinas llora.
¿Por qué se desgasta por alguien?
Que ni siquiera voltea a verle.

Desdichado, hombre que sufres.
En silencio, las penas.
De un amor perdido
Que jamás ha sido tuyo.

Deje que el amor la lleve,

Con tu rival a su destino.

Y usted suelte lo que hace daño.

Y siga solo su camino…

Poema N.º 079.
Libro: Poesías y Poemas.
Autor: Anthony Josué Flores Reyes.

SU HIJA ME GUSTA.

En el jardín de su hogar reposa, como la más bella rosa señora.
Una de pétalos bellos, largos y ondulados cabellos.
De esbelto cuerpo aquella, como la rama que sostiene la rosa.
Señora en su hogar reposa, el motivo de mis delirios...

Una sonrisa suya, en su deslumbrar sostiene mi alma, el amor acaso.
Me atrevo a decirle señora, con la más audaz de las osadías.
Que me pierdo en su mirada, de esa muchacha suya.
Bien puede usted con su mirada, tratar de fusilarme.
Su hija es la más bella rosa, que como ladrón quiero quitarle.
Tengo la promesa señora, de su esposo masacrarme.
Si yo ose mirar la rosa, que el jardín de su hogar reposa.
Ella me corresponde y no me importa señora.
Que su mirada quiera matarme o su esposo masacrarme.
Yo quiero a su muchacha, como no he querido a nadie.
Y de su jardín señora, quiero para mi llevarle...

Sereno como el lago, es mi amor por ella.
Pero que le hablo de versos, habladurías y poemas.
Yo con acciones quiero señora, a su hija arrebatarle.
Quiero llevarle de mi mano, por el sendero del amor.
Quiero amarla como las olas,
que mueren por besar la arena...

Poema N.º 080.
Libro: Poesías y Poemas.
Autor: Anthony Josué Flores Reyes.

CUANDO YO ME HAYA MUERTO.

Prefería oír de tus labios;
Aunque sea una frase de amor.
Y más no un centenar de poemas
¡Cuando yo! ¡Me haya muerto!

Que hoy mis manos puedan tocarte,
Y no abrazarme celosamente.
Mientras, como una loca, lloras.
¡Cuando yo! ¡Me haya muerto!

Que traigas conmigo, siempre tu amor.
Como detalle, tu gran cariño.
Y más no un jardín de rosas,
¡Cuando yo! ¡Me haya muerto!

Que trates de conciliarte conmigo,
Cuando por tonterías peleamos.
Y no llorar amargamente,
¡Cuando yo!, ¡me haya muerto!

Prefería verte feliz.
Aunque sea en otros brazos.
Y no que sufras amargamente.
¡Cuando yo! ¡Me haya muerto!
Prefería oír un te amo.
Y una eterna despedida.
Y más no que te vas conmigo.
¡Cuando yo! ¡Me haya muerto!

Poema N.º 081.

Libro: Poesías y Poemas.

Autor: Anthony Josué Flores Reyes.

QUE DÉBILES SOMOS AMANDO.

Que frágil se vuelve uno, al estar enamorado.
Parece uno, un soldado, sin espada y armadura.
El corazón se infla por dentro, tapando la visión a veces.
También hasta los oídos, que ni siquiera escuchamos.

Somos débiles, amando, como el soldado desnudo.
Que, aunque fuerte, pero sin armas. Es un infante débil.
Y aunque a veces fortalece, el amor más hace daño.
Primeramente, nos quita lo bueno, de una inocente vida.
Para hacernos fuertes, y tremendos desconfiados.

Que débiles somos amando, luego de un corazón roto.
Uno se vuelve malo, y hasta competencia parece.
O te lastiman o lastimas, pero vas por la vida dando;
A veces amores a medias, por el miedo a que hagan daño.

Que débiles somos amando, como cuando estamos desnudos.
No escuchamos, ni creemos, más allá de lo que vemos.
Que débiles al amar somos, en los brazos de Morfeo.
En ese sueño profundo, de un amor pasajero...

Poema N.º 082.

Libro: Poesías y Poemas.

Autor: Anthony Josué Flores Reyes.

ME VAS A RECORDAR.

En las noches acongojadas;
Al escuchar melodías tristes.
Al sentir olores.
Que mi piel usaba...
Quizá cierres los ojos.
Al recordar mi apego.
Mis besos que ilustraban.
Un auge de alegría,
Sonarán en tus recuerdos.
Cómo tristes melodías...

Me hiciste tocar el cielo.
Con tus besos, en mi boca.
Y me dejas en el infierno.
De tu amargo olvido.

Recordarás, mi nombre.
Y nuestros recuerdos en tu mente.
Así te vayas lejos.
Mi amor te alcanza pronto.

Poema N.º 083.
Libro: Poesías y Poemas.
Autor: Anthony Josué Flores Reyes.

ME ACOSTUMBRÉ A QUE NO SEAS MI NOVIA.

Que lúgubre destino, cargado de auroras tristes.
Pasionales, y anunciantes, de que empieza un nuevo día.
Una nueva tortura, de esas que, con el lápiz de la vida.
Escriben en mi destino, que ya no estás a mi lado...

Tu cara de Ángel resuena. Mientras mis neuronas vagan.
Formando recuerdos ajenos, de una historia lejana.
Mis penas y vagos temores, como hojas de otoño, caen.
En mis días amargos, de mi realidad hosca.
Me recuerda, con mucha pena, un sentimiento pálido.
Y una costumbre nueva, de aceptar que no eres mi amada.

Recuerdos en mi mente rondan, caprichosos latidos suenan.
En mi pecho necio, que aún por ti palpita.
Un amor que agoniza, con tu triste olvido.
La esperanza, casi nula, de saber que te he perdido...

Cómo reaccionar ante el cielo, o el inmenso mar.
Que tan gigante silueta, recordándome un ejemplo.
Mi amor es tan pequeño, alado de tu olvido...
Me despido diciendo, y escribiéndote una carta.
Que quizá nunca recibas,
Pero en mi cajón te envío...

Poema N.º 084.
Libro: Poesías y Poemas.
Autor: Anthony Josué Flores Reyes.

QUE IMPORTA SEÑORA

¿Qué van a saber ellos?
De lo que sentimos nosotros.
Si apenas les da la vista,
El habla y sus ganas...
¡Solo para criticarnos!

¡Que van a saber que te quise!
Cómo el Dios inti a la luna.
Que le obsequia hasta su luz.
Para que ella brille un poco...

Que van a saber de amores.
Si no entienden de clases,
De colores o raza.
Que el amor no escoge...
¡Que van a saber tus padres!
Que en las noches galantes,
De sus cincuenta años.
Tú posabas en mi cama.
Mientras dormida, te hacían ellos..

¡Nada!
No saben nada de amores.
Que como Reyes quieren de antaño,
comprarte un marido.
Al que tú ni siquiera amas.
¡Ya no somos del pasado!
Ni de tiempos coloniales.

Que se le grabe eso a tu padre.
O la bruja de tu madre.

Dicen por ahí mis amigos.
Que la billetera mata al galán.
¡Que me maten si quieren!
Que me fulmine el alma.
Si acaso eso significa,
Rasgar un instante en tu pecho.

Que importa lo que otros piensen.
Que importa lo que otros hablen.
¡Que importa acaso!
Que la misma bruja de tu madre,
Quiera con ahínco separarnos.
Si el intentar alejarnos.
Más de cerca acabamos...
Incluso en su propia cama.
Cómo el día de su cumpleaños.

Poema N.º 085.

Libro: Poesías y Poemas.
Autor: Anthony Josué Flores Reyes.

TIEMPO, POR ESO TE ODIO.

Hasta yo, al verme al espejo, veo cambios ruidosos.
Cómo los pasos lentos, de aquel ser querido.
Sus cabellos de nieve, que dejaron de ser carbón.
Por las olas del tiempo, llamado largos años.
Una nostalgia tibia, al ver la mesa vacía.
Desde los ojos de un padre.
Cuando los hijos volaron…

Un recuerdo pastoso, bonito, y tan amargo.
Al ver a mis hermanos viejos,
y los papás en la tumba.

Somos los tíos que, ayer, admirábamos de niños.
El tiempo pasó de prisa.
Y hoy los abuelos somos.
Con los ojos de experiencia,
Y la mutante tristeza.
Al sentir los pasos lentos,
ya más cerca de una tumba…

Poema N.º 086.
Libro: Poesías y Poemas.
Autor: Anthony Josué
Flores Reyes.

BÁJAME LA LUNA.

Más tus palabras dulces, desean.
Conquistar los sinsabores,
De mi amargo corazón.
Y el imposible amor que tengo.
Que lejos estas de mí.
De mi amor, de todo...
Como el sol solitario arriba.
Y las rosas en la tierra.
¡Yo, soy una de ellas!
Y quieres venir a marchitarme.
Como el jodido sol, que quema,
Como aquel del mediodía.

Te pediré imposibles, como no imaginas.
Para ahuyentar tu delirio,
Que mi belleza causa.
Vas a dejar de escribir poemas,
Más mi rechazo fuerte.
Te hará besar la arena, con el eco de mi desprecio,
Y añorar mis dulces labios, como no imaginas...

¡Bájeme usted la luna!
Y después de ello hablamos,
Esas mentiras cautas,
Que a otras van mimando...
Traiga usted en sus manos,
Aquello que tanto ilustra.
Los siete cautos bellos

Colores del arcoíris.
Tráigame usted foráneo, de esas que tanto brillan.
La más bella en el cielo, de toditas las estrellas.
No venga usted a mentirme, con sus palabras dulces.
Esas mentiras tontas, que a otras van mimando.

Yo, no vivo en cuentos de hadas.
Aunque soy una reina.
y usted de aquel castillo. se encuentra muy lejano.
Mas se quedará acostado, con las ganas de tenerme,
O quizá en sus dulces sueños, vaya yo, a ser su reina...

Poesía N.º 087.
Libro: Poesías y Poemas.
Autor: Anthony Josué Flores Reyes.

Foto: Liana Melissa.

CUANDO TE FUISTE AMOR.

Se me apagaron las ganas, cuando te fuiste amor.
Cómo se apaga una estrella, al caer al mar...
Las aguas, aquellas, fueron ríos de llanto.
Que como un niño llora, por un juguete aquel.
Se me apagó la risa, al ver pasar auroras.
Que, como pétalos secos de flores, van cayendo.
Los días tristes, llenos de aquel infierno.
De esos tus recuerdos, que me van quemando a diario.
Y los momentos en mi memoria.
Mas las fechas del calendario.
Una pena en mi pecho, por tu amor que ya se ha ido...

Verso N.º 088.
Libro: Poesías y Poemas.
Autor: Anthony Josué Flores Reyes.

GRACIAS POR SER EN MÍ

Gracias por ser en mí,
Mi alegría verdadera.
Ser la flor y el aire fresco.
De una eterna primavera.
Ser la estrella que por las noches.
Ilumina mis tristezas.
Y en el día, el radiante sol.
El amor de mis grandezas...

Por ser el llanto de alegría,
Y en mis labios la risa.
Las gracias te doy, mi amor.
Por ser mi afable fantasía.
Por ser el sueño en la ficción.
Que, si despierto, ahí está.
Esa bonita realidad.
Que no me deja, que no se va.
Gracias por ser en mí.
Fortaleza y optimismo.
Y en mi osada ficción de amor,
Mi excitante erotismo.

Gracias por ser en mí,
Mi eterna primavera.
Y el amor que por ti siento.
Ojalá, que nunca muera...

Poema N.º 83.
Libro: Poesías y Poemas.
Autor: Anthony Josué Flores Reyes.

Foto: Estrellita Yudith.

EL ¿POR QUÉ? DE TI.

¿Por qué? Sí, fuiste luz en mi vida.
La oscura noche pareces hoy.
¿Por qué?, si en ti conocí el amor.
Hoy poco a poco sufro el dolor.
Sí, fuiste fuego en mi corazón.
Hoy hielo inerte, pareces ser.
Si fuiste un valle fértil y hermoso.
¿Por qué hoy, desierto seco, pareces?
Si antes tus labios, decían elogios.
¿Por qué hoy insultos, que lastiman?
¿Por qué si fuiste paz querida?
Hoy eres la guerra que causa heridas.
¿Por qué? Sí, cura, fuiste en mi herida.
Hoy las heridas, las causas tú.
¿Por qué? Si el agua fuiste en mi sed.
Hoy el veneno en mi agonía.
Sí, fui lo más hermoso, en tu vida.
Arrepentida dices estarlo.
¿Por qué? Me piensas si me olvidaste.
¿Por qué? Me llamas si dices odiarme.
¿Por qué? Tus ojos brillan al verme.
¿Por qué? No aceptas, que aún me amas.
¿Por qué? Hoy me cobras con sufrimiento.
El amor que ayer me diste.

Poema N.º 090.
Libro: Poesías y Poemas.
Autor: Anthony Josué Flores Reyes.

UNA TARDE, UNA VIDA.

Una tarde gris y fría,
Del otoño de mi ventana.
Me cansé de añorarte en silencio.
Mientras a gritos te amaba...

Fui decidido a buscarte,
Con una carta que hacía años.
Hacía años escribía.
Y por las mañanas borraba...
Esa tarde, decidido estaba.
No había nada que perder.
Y si la suerte me acompañaba.
Quizá te dejes querer...

Con la carta en una mano.
Por si la voz se esfume.
Y una rosa roja en la otra.
Para que huelas su perfume.

Y mientras camino, decidido.
Te imagino oliendo la rosa.
Quizá cantando un poema.
Con la más hermosa prosa...

Poema N.º 091.
Libro: Poesías y Poemas.
Autor: Anthony Josué Flores Reyes.

ME CREES RIVAL VENCIDO

¡Piensas, idiota, que eres primero!
Y de tu propiedad es esa mujer.
¡Gran imbécil, fui verdadero!
Que esa chica supo querer.

¿Qué crees que te ama perdidamente?
Como por ella estás embobado.
Pues te lo digo precisamente.
¡Esa mujer no me ha olvidado!

Si crees que eres su gran varón,
De esa dama tierna y amable.
¡Gran idiota, gran fanfarrón!
Yo, en su pecho, soy imborrable.

Tú qué crees que soy el hombre.
El cual salió de su corazón.
¡Pregúntale por mi nombre!
Y en su sonrojo, tu decepción...

¿Por qué siempre, tienes que besarla?
¿Por qué ella nunca te besa a ti?
Tú, jamás vas a conquistarla.
Porque esa chica me quiere a mí.

¡Me crees rival vencido!
Porque de pronto nos separamos.
¡Gran idiota, estás perdido!
Porque ella y yo, aún nos amamos.

Poema N.º 092.

Libro: Poesías y Poemas.

Autor: Anthony Josué Flores Reyes.

EN LOS TEMAS DEL AMOR

Más que puras decepciones,
y flechazos sin aciertos.
Cupido en mí ha dado.
Bellas doncellas han pasado.
Como dije, han pasado simplemente.
Naufragando en mi corazón.
Y siempre constantemente.
Con la pena me he quedado.

Contigo quería todo,
quizá tanto, con mi ilusión.
Pero siempre una decepción.
Que hace llorar el corazón.

¡Gracias por ser en la vida!
Una más de esas que enseña,
Que, en los temas del amor.
Yo, no he sido invitado...

Y tal vez mañana, más tarde.
Entre las flores, te encuentre.
Cuando tu recuerdo haga eco.
En mis desdichadas penas.

Y entonces, con la impotencia.
Suelte un llanto acongojado,
Comprendiendo que en el amor.
Yo, no he sido invitado...

Y ya entendiendo recientemente,
Quizá con la ilusión perdida.
Ya deba recoger los pedazos.
De mi corazón querida...

Poema N.º 093.
Libro: Poesías y Poemas.
Autor: Anthony Josué Flores Reyes.

ERES ARTE DE LOS DIOSES.

¿Qué quiere que le diga?
Usted es bella, y no necesita siquiera, de adorno el maquillaje.
En su imagen tallada a pulso,
Por el lápiz de los dioses.
Encuentro escultura, belleza y mucho arte.

Su figura que engalana,
El más bello paisaje.
A las flores le arrebata
El honor de la belleza...

Usted se ha caído del cielo,
Para venir a visitarme.
A deslumbrar a los hombres,
Con tan radiante hermosura.

Seguramente es un ángel,
Que la diosa del amor ha enviado,
Para despertar la guerra
Cómo Elena la de Troya.
Guerra aquella de miradas,
Que usted se roba sin darse cuenta.
Cuando usted pasa de largo,
Y uno pierde la mirada,
En el mar de su belleza...

Va destilando suspiros,
miradas y hasta envidia.
Por la propia luna llena,
Que la sigue en su camino...
Y uno tan mortal se queda.
Con el pecho en un suspiro,
Cuando usted, cual diosa cruza,
Con todita su belleza...

Poema N.º 094.
Libro: Poesias y Poemas.
Autor: Anthony Josué Flores Reyes.

Foto: Liana Melissa.

MI AMIGA.

Y estás ahí.
Sin saber que, en este instante. En mi pecho estas en mí.
Y vas por ahí... Sin sospechar siquiera.
 Que mis ojos puestos, siempre los tengo en ti...

Y me hablas así. Sin darte cuenta que tu voz.
Que tu risa, y tu perfume, son un vicio, para mí...
Y mientras estas donde quiera.
Yo, te sigo en el corazón.
Te quiero a mi manera.
Sin que sepas la razón

.
Sigues pasando cada día.
Sigo pensándote, querida.
Eres mi amada en secreto,
Sigues siendo tú, mi amiga.
La que ríe de mis locuras.
La que, en ausencia, es mi intriga.
Eres en mi pecho ternura.
Pero sigues siendo mi amiga...

Eres tú, elección peligrosa.
Eres amiga, de mi pasado.
Eres tú la niña hermosa.
Que en mi pecho ha ingresado.

Poema N.º 095.
Libro: Poesías y Poemas.
Autor: Anthony Josué Flores Reyes

Y LA CONOCÍ.

*Y la conocí bonita.
Con su carita de inocencia.
Y sus pestañas alargadas,
que cual mirada profunda
Enamoró mi corazón.*

*Y me sonrió de repente.
Cuando petrificado estaba,
Mirándola todita.
¿Y cómo no quererla así?
Sí, tiene risa de ángel.
Y mirada de doncella.
Y mientras su voz se hace notar.
Mi corazón ha de brincar.*

*Y la conocí así.
Tan dulce, tan loca.
Tan coqueta que enamora.
Tan diferente y radiante,
Como la propia aurora.*

*La conocí en mis sueños.
Y aquí está ahora.
Siendo la dueña y señora,
De un poeta enamorado.*

Poema N.º 096.
Libro: Poesías y Poemas.
Autor: Anthony Josué Flores Reyes.   **Foto: Rosita Gutiérrez.**

YO QUE CONOZCO DE ti.

Tú que me diste la dicha,
De recorrer tu cuerpo entero.
Hoy, si no te hago el amor
Yo, siento que me muero...
Yo, que conozco de ti.
Hasta tu más último pensamiento.
Hoy me vienes a decir.
Que te vas y yo aquí lo siento.
Yo, que conozco de ti.
Todo lo que otro, desea tener.
Y así te vas, me dejas.
Sin importar mi querer...
Sé que el orgullo hoy te guía,
Mañana más tarde te hará llorar.
Cuando sepas que has dejado,
A quien no debiste olvidar.

Poema N.º 096.
Libro: Poesías y Poemas.
Autor: Anthony Josué Flores Reyes.

TE AÑORO EN LA MADRUGADA.

Disculpe usted la hora.
Pero el corazón pregunta por ti.
Son las tres de la mañana,
Y mis ojos están pegados.
A aquel techo de mi alcoba.
Que me impide como vaya.
Encontrarte en las estrellas...

Disculpe por la hora.
Son las tres de la mañana.
Quisiera llamarle,
Y el deseo aquel.
Lo ha contenido mi orgullo.
Que en mi pecho reposa.
A las tres de la mañana...
¡Qué lúgubre es extrañarte!
Y es tan tonto amarte.
Amar a un imposible.
Que se fue como el ayer.

Disculpe por la hora.
Por el frío de la madrugada.
Necesito del calor.
Que me brindo su amor un día.
En las horas del amor,
Cuando Ud. era mi amada.

Disculpe si como el canto.
De los gallos en el alba.

Le interrumpo yo sus sueños.
A las tres de la mañana.

Es que pensé en la vida,
En el amor que como concepto.
Me resumió a tus recuerdos.

Disculpe por despertarla,
De su más profundo sueño.
Para decirle que la adoro,
A las tres de la mañana.

Poema N.º 098.
Libro: Poesías y Poemas.
Autor: Anthony Josué Flores Reyes.

¿A QUIÉN NO LE HA PASADO?

¿Quién, no ha sufrido desamores?
No sabe que es, amar en secreto.
Lo bonito, lo fantástico, lo impotente, lo incorrecto.
¿Quién, no desvelado, noches turbias?
En amargos sufrimientos.
No conoce lo que es amor.
Si nunca amado en secreto...

¿Quién, no ha deseado mujeres?
Y hombres, si son damas aquellas.
Aquellos que no los quisieron.
Que por error eligieron.

¿Quién, no ha sufrido derrotas de amor?
En secreto más dolorosas.
¿Quién, no ha errado amando?
Al que nunca lo ha querido.

¿Quién, no se ha hecho ilusiones?
Y con el tiempo desilusiones.
Gracias, a amores imposibles,
De sus inocentes corazones.

¿Quién, no ha levantado fantasías?
Sin darle tregua a la razón.
¿Quién, no ha frustrado alegrías?
Con los errores del corazón.

¿Quién, que levante la mano?
Aquel, que no ha sufrido por error.
¿Quién que no conozca derrotas?
Jamás conocerá el amor...

Poema N.º 099.
Libro: Poesías y Poemas.
Autor: Anthony Josué Flores Reyes.

POEMA A LA JUVENTUD

Joven, tú que eres digno.
De vivir en fantasías.
Tú que al mundo quieres cambiar.
Mientras que vives de alegría.

Joven, tú, el futuro.
Hoy un presente desconocido.
En tus metas forjas los muros.
De un mañana colorido.

Joven y señorita, de esta nueva generación.
Que van viviendo de errores.
De imaginación, de amores.
En tus manos está el futuro.
Generación de juventud.
Porque quien sueña pintando el mundo.
En el futuro, se lo merece.

Joven, debes ser sabio.
Necio, terco, en seguir tus sueños.
Porque sí, la juventud sueña.
El mundo tiene futuro.

Poema N.º 93.

Libro: Poesías y Poemas.
Autor: Anthony Josué Flores Reyes.

Y ASÍ NOS PERDEREMOS.

Y te tocará mirar las estrellas,
Sola y triste. También la luna.
La misma que fue testigo,
De nuestras noches de locura.

Y te tocará enfriarte sola;
Después haberme marchado.
Con tus frívolas palabras,
Que congelaron mi cariño...

Y te tocará, ver los recuerdos.
En tu mente, imaginación.
Lamentarás que yo he partido,
Cuando me llame tu corazón.

Y tal vez queras llamarme.
Pero tarde habrá sido entonces.
Porque tal vez habré conocido,
A quien de verdad me quiera.

Y llorarás perpleja.
Cuando las fotos veas, entonces.
Y quedarás con los recuerdos.
¡Por tonta, por pendeja!

Y me extrañarás de día.
Mientras yo te olvide de noche.

Y así nos perderemos.
Sin testigos, sin reproche.

Y soltarás mi mano entonces,
Con el tiempo ya perdido.
De tanto extrañarme tanto.
Cuando yo no este contigo...

Una fugas estrella al mirarla,
Te llevará un mensaje mío.
Un recuerdo en tu mente.
Del mejor amor vivido.

Poema N.º 101.
Libro: Poesías y Poemas.
Autor: Anthony Josué Flores Reyes.

¿DÓNDE ME CONSIGO UNA ASI?

Quizá sea porque la inteligencia es silenciosa.
De esa forma avanza, y las vuelve casi invisibles.
Por el ruido causado,
de las que bailan tras una pantalla.
Ellas fueron aquellas.
Que como flechas pasaron.
Son el eco que el hado.
Me dejó como recuerdos.

¿Dónde me consigo una así?
Lo digo ya a modo de chiste.
Porque parecen casi imposibles,
Las que en un papel te escriben cartas.
Leen o cantan poesía…

Hoy la época es otra y uno debe acoplarse.
Resumirse a lo que hay, o luchar como el salmón.
Resignado a quedarse solo.
En un mundo donde tus sueños de amor son unos.
Y los de la realidad adversos.

¿Dónde me consigo una así?
Me pregunté yo mil veces, tanto que aquella frase.
Se me hizo poesía.

¿Dónde me consigo una así?
Dije añorando las cartas, que un día le escribió Bolívar.
A quien fue el amor de su vida.

¿Dónde me consigo una así?

Si me veo como si en el tiempo, hubiese viajado al futuro.
Las cartas están ya viejas, o suelen ser obsoletas.
En un mundo donde ellas.
Van detrás de una pantalla...
Y si eres el de las cartas, las poesías o libros.
Quizá te tomen por loco...

¿Dónde me consigo una así?
Lo dije añorando tanto, al amor que imaginé de niño.
aquella chica de los libros, de los poemas o cartas.

¿Dónde me consigo una así?
Me pregunté ya sin aliento...
Imaginándola en mi mente y escribiendo poesías.
El único lugar del mundo donde yo puedo encontrarla.

Poema N.º 102.
Libro: Poesías y Poemas.
Autor: Anthony Josué Flores Reyes.

YA VENDRÁN AQUELLOS DÍAS.

Ya vendrán aquellos días, con los que tanto soñamos.
Cuando en el suspiro de amarnos
Podamos abrazarnos...

Ya vendrán aquellas noches.
Que nos toque juntos mirar.
Las abultadas estrellas,
Y en el cielo dibujar...

Ya nos llegarán las auroras.
Que nos digan buenos días.
Cuando sea lo primero que veas.
Y yo a ti, al despertar.
Ya vendrán aquellos hijos.
Que fantaseamos tener.
Los que darán las alegrías,
De nuestro futuro amanecer.
Ya, vendrá tu presencia.
a quedarse conmigo;
Para no vivir de recuerdos.
Para estar siempre contigo...
Ya, llegarán los días, las noches y los años.
En que juntos vivamos.
Como siempre hemos soñado.

Poema N.º 103.
Libro: Poesías y Poemas.
Autor: Anthony Josué Flores Reyes.

DESEO INALCANZABLE

Radiante, coqueta e inalcanzable.
Jamás había visto un sueño, tan lejano y distante.
Como cuál radiante arcoíris. Que, al acercarte, se aleja.
¿Y acaso eso me conquistó?
Yo, que soy necio e inquieto, fui detrás de un imposible.
Aun sabiendo que el fracaso.
Me coqueteaba, más que la gloria.

Una aventura por conquistar, lo que parecía inalcanzable.
Como si usted fuera una estrella. Y yo, una simple ave de paso.
Que, aunque intente llegar a ti, y me aferre alcanzarte.
Dejaría, en el viaje, mis plumas.
Sin poder siquiera tocarte...

Peligrosa esa mirada, que no sé cómo explicarte.
Me cautiva y me motiva, neciamente alcanzarte.
Y, he aquí yo de hostigoso, con el universo por ti.
Invocando y cantando, que yo soy para ti.
Y tal vez sé, que no. Que haya mejores que yo.
Pero no habrá quien te anhele.
Y te quiera como yo...

Poema N.º 104.
Libro: Poesías y Poemas.
Autor: Anthony Josué Flores Reyes.

NO HAY

No hay frío más helado, que aquel de tu distancia.
Ni tristeza aquella. Del no tenerte a mi lado.
No hay penas más amargas.
las del saber que estás lejos.
Y conformarme con cartas, para tocar tu alma.
Porque tu cuerpo lejano.
Está con el mío...

No hay reclamo más tiste, apasionado y loco.
Como el de mi enamorado corazón.
Que cual latidos cardiacos.
Se asemejan al tuyo...
Y tal vez acoplados de amor.
Se esperan los dos.
No hay fuego más ardiente.
Que el que reflejan tus ojos.
Los cuales son luz de esperanzas;
De este amor bonito...

No hay como tú, que en mi frío.
Me das tus candentes besos,
Y en las oscuras noches te recuerdo,
Como mi último aliento.
Hasta que el destino nos junte.
Para seguirte amando...

Poema N.º 105.
Libro: Poesías y Poemas.
Autor: Anthony Josué Flores Reyes.

GRACIAS POR TODO.

Gracias por todo.
Me quedó la sonrisa de tus recuerdos y el dolor de tu partida.
Pero gracias por todo viejo...
Por darme siquiera, lo más bello de la existencia.
Eso que se llama vida, y que te arrebató la muerte.

Por apoyar mis primeros pasos, con la fuerza de tu juventud.
Gracias por desgastarte,
Para que yo me hiciera...

¿Y qué más puedo decirte?
Si tengo el alma en blanco, del amor que tú me diste.
Aunque luto me acompañe,
En el dolor de tu partida...

Gracias por ser el hombre, el amigo y ese padre.
Que en la mesa mi hogar,
Nunca faltó alimento...
Yo no sé qué proezas hacías, ni como lo conseguías.
Pero nunca me faltó nada,
Mientras tú vivías...

Gracias te digo ahora, con una sonrisa grata.
Por tu labor de padre.
Tu cumpliste tu parte,
Yo estoy haciendo la mía...

Y como me hubiese gustado.

No tardarme tanto en aquello,
Lo de hacer realidad mis sueños.
Para verte orgulloso padre…

Yo sé que me quisiste.
No tengo ninguna duda.
Y que triste me dejaste
Con el dolor de tu partida…

Pero gracias por todo viejo.
Por impulsarme con todas tus fuerzas.
A un mejor futuro,
Del que te dio tu padre…

Gracias mi viejo querido.
El mejor papá del mundo,
Al que mucho extraño…
Y Que mil veces elegiría.

Poema N.º 106.
Libro: Poesías y Poemas.
Autor: Anthony Josué
Flores Reyes.

NO SUPE DETENERLA

La mujer que tanto quise.
No la supe detener,
No la supe comprender.
El amor lo eché a perder...

El amor que me ofreció ella.
No lo supe valorar.
No lo supe apreciar,
Todo lo mandé a rodar.

Su corazón fue mi juguete.
Su amor, para mí un ejercicio.
En cuál yo día a día.
Día a día practicaba...

Nunca supe valorar.
El amor que me tenía,
Hoy me echo a llorar.
Al saber, que ya no es mía.
La perdí por mi soberbia,
Por creer que era mía.
La dejé ir, sin detenerla.
Cuando ella me quería.

Poema N.º 107.
Libro: Poesías y Poemas.
Autor: Anthony Josué Flores Reyes.

MELANCOLÍA.

¡Hay melancolía!
Que me entristeces los días.
De mis recuerdos amargos,
De cuáles amores perdidos.

Un aura de tristeza,
Se ha hospedado en mis silencios.
Haciendo de ellos torturas.
Con recuerdos de fracasos...
De los amores perdidos.
Donde no sé si arrepentirme.
O tristemente aceptarlo.
¡Qué fueron ellas, las que fallaron!
O el no saber, si he sido yo.

Se ha hospedado en mi alma,
Con ganas de abollarme.
La triste melancolía,
Que está empañando mis días.

Donde las noches de tristeza,
Se reflejan en mis ojos.
Tal vez secos del llanto.
O cargados de tristeza.

Melancolía que has despedido.
A cupido en mi destino.
Ya estoy harto de abandonos.
Entonces sigue en mi camino...

Poema N.º 108.

Libro: Poesías y Poemas.

Autor: Anthony Josué Flores Reyes.

MAR DE RECUERDOS.

Soñaré de día euforia,
Aunque en las noches tristes caiga.
¡Cómo años de prisión eterna!
Los recuerdos tuyos...
Voy a ser feliz, un ratito.
Escapándome a la playa.
Que, con el cantar de sus olas tristes,
Me han de recordar vuestra historia.

Voy a desojar los pétalos,
De una rosa roja.
Preguntando tontamente.
Sí, tú. Aún me quieres.
Más una respuesta vaga.
Mientras en la arena poso.
Me han de responder preguntas.
Con el frío de tu ausencia...

Poema N.º 109.
Libro: Poesías y Poemas.
Autor: Anthony Josué Flores Reyes.

LUTO.

¿Qué es lo más triste del duelo?
Que, después de unos días.
Los abrazos y condolencias.
Se van, se acaba. Más la pena queda.
Cómo puñal hiriente.
En el pecho triste, en el alma inerte...

Pena nos dejaste en tu partida. Qué cuál dolor y llanto.
Herencia nos ha quedado.
Más tus recuerdos vagan, como el respirar divino.

Te espero tontamente. Tu visita en las mañanas.
Por las noches, un saludo. Tu abrazo, una llamada.
Pero nos dejaste llanto, sufrimiento que ahoga.
Al recordarte, padre. En este luto que agobia.

Una sensación de pena.
Y una esperanza perdida.
De ya no volver a verte.
Más solo queda extrañarte.
Y añorarte por siempre...

Poema N.º 110.
Libro: Poesías y Poemas.
Autor: Anthony Josué
Flores Reyes.

PAUSA

Puse todo en piloto automático.

Desde tu partida.

No por el tiempo,

Sino por el dolor de la herida.

Más si me estrello.

No es mi culpa…

Mi mente conduce sola.

Un cuerpo ya inerte.

Verso N.º 111.

Libro: Poesías y Poemas.

Autor: Anthony Josué Flores Reyes.

¿QUIÉN FUE AQUEL LOBO FEROZ?

¿Quién te ha roto el corazón?
¡Que cómo el hielo te ha vuelto!
¿Quién te pintó las estrellas?
Del color que él ha querido.
¿Quién fue aquel lobo feroz?
Que se pintó de príncipe azul.
Para llegar a tu corazón,
Y la sonrisa apagarte...

¿Quién pintó de flores vivas?
Tu camino en el amor.
¿Quién fue el tonto, que te quiso?
Y no te supo querer...

¿Quién fue el que, con sus engaños?
Se llevó aquella confianza.
La misma que hoy no me tienes.
Por creer que soy un lobo.

Y por mí, que ni siquiera.
Se me cruza en la cabeza.
Lastimarte con el pétalo.
Más tierno de una rosa.

Dile a aquel lobo feroz,

Que ha perdido la batalla.

Que al fin he llegado yo.

A sanar lo que el causó.

Poema N.º 112.

Libro: Poesías y Poemas.

Autor: Anthony Josué Flores Reyes.

LA MUJER PERFECTA

Y me decepcioné de amores,
Convirtiendo mi alma osada.
En una audaz aventurera.
Buscando entre las musas.
Aquella que no tenga errores.

Y emprendí una larga, venturosa travesía.
Encontrando siempre errores.
En cuál amante desvestía.
Y así tuve muchas, muchas.
Innumerables, tal vez.
En mi afán de encontrar de apoco.
La mujer que sea perfecta.

Y entre más avanzaba mi hazaña.
Más alejado mi anhelo.
Más osada era mi maña.
Y decepcionado estaba.

O tal vez he comprendido.
Que no hay perfecta mujer, ¿acaso?
Solo hay que saberlas amar.
A nuestro lado, protegerlas.

Poema N.º 113.
Libro: Poesías y Poemas.
Autor: Anthony Josué Flores Reyes.

LOS HOMBRES TAMBIÉN LLORAMOS.

Que dijeron ustedes.
¿Que nosotros no lloramos?
claro que, si lo hacemos, si más que alma;
También sentimos y somos frágiles. ¡Aunque machos!
Como ustedes las mujeres...

El hombre llora por amores, por los hijos y la familia.
Quien dice que no lloramos,
Le estada mintiendo cruelmente....
¡Qué porque somos machos!
Por su puesto que, si lloramos,
Cuando en los ojos de un padre, ve triunfar a sus hijos.
Cuando en los ojos de un hijo, ve morir a su padre.
O al perder un hermano, cualquier ser querido...

Por su puesto que, si lloramos, si las lágrimas son aquellas.
La sangre de la propia alma, y los hombres amamos entonces,
Con la fuerza de nuestras entrañas,
Que cuando se siente herida, sangra, gime y solloza;
Al dejar rodas las lágrimas, en los ojos de un hombre...

¿Quién dice que no lloramos?, si como ustedes sentimos.
El amor, el desamor y las pérdidas de un ser querido...
Nosotros los hombres lloramos, aunque en silencio solemos...
Y luego les mentimos con una afable sonrisa.
y aquella frase que dice:
estoy bien, aunque por dentro, esté sollozando a gritos....

Poema: N.º 114.
Libro: Poesias y Poemas.
Autor: Anthony Josué Flores Reyes.

LUGAR SEGURO

Los corazones
No es un lugar seguro.
¡Créame, para nadie!
Las personas somos efímeras,
Aunque los recuerdos eternos...

Vamos a ser las hojas verdes
Cuando el amor exista.
Más cuando la confianza esté ausente.
Las mismas hojas, pero en otoño.
Que con el desprender del viento...
Secas, muertas y marchitas.
Caerán al suelo.
Caerán inertes...

Y su verdor acaso.
Para entonces un recuerdo.
Y yo no estoy hablando del árbol.
Mucho menos de hojas secas.

Poema N.º 115
Libro: Poesías y Poemas.
Autor: Anthony Josué
Flores Reyes.

HACES FALTA

Los hombres pasan, y los recuerdos quedan.
Somos como bolígrafos.
Que, aunque ya no estemos,
Lo que escribimos queda...

¡Ausencia!
Es una simple palabra;
Pero es un concepto cruel,
Cuando se ha perdido a alguien.
Que quisiste mucho, y que no se olvida...

Anoche fui feliz.
Al encontrarte en un sueño.
Con mis sobrinos, tus nietos.
En el suelo como niño,
Como un niño jugabas...

Escápate del cielo un momento,
Y ven a visitarme padre,
Aunque sea un ratito
En un corto sueño...

Poema N.º 116.
Libro: Poesías y Poemas.
Autor: Anthony Josué Flores Reyes.

PAPÁ EN EL CIELO

Este no es un poema, o quizá sí.
Papá. Te extraño, tanto que no imaginas.
A menudo hasta tus regaños, sigo echando de menos.
Guardo la esperanza tonta, de una llamada tuya.
Y escucho tu voz a veces, en mi soledad de otoño.
Como imagino verte, al partir un día...

En ocasiones mi mente, tus pasos ligeros siento.
Tu voz que no se borra, y los recuerdos de un lamento.
Papá. Te extraño tanto, al escribirte esta carta.
Que no haya un buzón al cielo. ¡No sabes cuánto lamento!

Como la canción quisiera, en una cometa enviarte.
Las cartas de un te extraño, Lo que no pude expresarte.
Muchos de aquellos días, llevo sufriendo en silencio.
Sin entender tu partida, con dolor e impotencia.

¿A quién se le reclama la muerte?
De un ser querido.
Papá, te extraño tanto.
Mi viejo querido.

Una visita en mis sueños, al menos me conforta.
Aunque te he visto triste, con el alma rota.
Nos dejaste como errantes, almas rotas que vagan.
Mis hermanos que lloran, sin entender tu partida.
Una rosa en tu tumba, y una canción de aquellas.
Aunque pasen los años, te extrañaré por siempre.

Cuando se acabe mi vida, espero volver a verte.
Con las ansias de un abrazo, contenido por los años.
Y los recuerdos en mis canas, si es que llego a viejo...

En memoria de mi papá, Eduardo Francisco Flores Farias. (Pitin) Y de todos aquellos que no podemos abrazar.

A quienes los tienen vivos, no esperen un cumpleaños, ni el día del padre. Este es el momento prefecto, para correr y abrazarlos, sin motivos, ni fechas en el calendario.

Tumbes, 20 de febrero de 2024.
Poema N.º 117.
Libro: Poesías y Poemas
Autor: Anthony Josué Flores Reyes.

MI ANHELO PERDIDO

Te esperé a que vinieras, sin invitarte siquiera.
Fuiste un aura que inquieta.
y de mis días, lo que anhelo.

Me la pasé en la arena, escribiendo tu nombre.
Con un corazón y el mío
Que las olas borraron...

Te extrañé en mis noches frías, en los veranos del alma.
Esos que añoran amores,
Que jamás tuvieron.

Te lloré sin perderte, cuando tus pasos se fueron.
Y en el altar murieron,
Junto a los de otro cariño...

Poema N.º 118.
Libro: Poesías y Poemas.
Autor: Anthony Josué Flores Reyes.

FANTASÍA.

Mi razón es culpable,
De una ilusión perdida.
Un corazón que ignora,
De unos ojos, que ni me miran.

Lejos estoy de aquello,
Al que amor le llaman.
Recibir de aquella dama,
Que mi alma añora...

Más como un niño siento,
Que de ilusiones vive.
Naufragando en su mirada
que, a su vez, me ignora.
Yo, mismo me hice ilusiones.
En un corazón ajeno.
Que en el anhelo muere.
Cómo la planta en frío.

Y con la esperanza lejana,
Y el corazón partido.
Te añoraré en silencio,
Con este amor secreto...

Poema N.º 119
Libro: Poesías y Poemas.
Autor: Anthony Josué Flores Reyes.

TU PARTIDA.

Me quedé con el dolor de tu partida,
Con muchas lágrimas suprimidas.
Por ese abrazo que no te dí
Esas palabras no expresadas,
Aquel tiempo perdido.

¡Y que ingenuos somos creyendo!
Que un día más estaremos.
Mientras la vida es un suspiro
Un instante nada más...

La única forma que tengo de encontrarte.
Es en mis amargos recuerdos,
Pero aquello me resulta.
Un doloroso viaje.

Me quedé con los recuerdos
que a mis pupilas se acoplan.
Cuando estas forman ríos
De tristeza, al extrañarte...

Poema N.º 120.
Libro: Poesías y Poemas.
Autor: Anthony Josué
Flores Reyes.

NO TE MIENTO

Querida que en mis sueños vives, como el ave en las montañas.
En mi imaginación, te acoplas, yo creando historias.
Recuerdos de nosotros, que jamás vivimos.
Que se supriman en silencio, de un amor secreto.

En mis sueños acaricio, esas tus suaves manos.
Y los besos que te he dado, ya perdí la cuenta.
Voy noche, tras noche, con una sonrisa llena.
Una cita en mis sueños, y tú me esperas bella.
Y de día te veo, y me sonrojo tanto.
Cuando me miras suave, y tú pasas de largo...

El secreto que guardo dentro, dentro de mi pecho.
Te lo diré un día de estos, te juro, no te miento.
El estirón por las mañanas, me trae un recuerdo tuyo.
Un suspiro al verte, me gustas, no te miento.

Como quisiera hablarte, donde no sean mis sueños,
Y que tu sonrisa aquella, tú me vayas dando.
Voy por la vida andando, llevando en mi equipaje.
Esos recuerdos tuyos, y para que mentirte.
Desde que la aurora nace, yo, ya te estoy pensando.

Poema N.º 121.
Libro: Poesías y Poemas.
Autor: Anthony Josué Flores Reyes.

ENAMORADO

Sabes que es amor
O que estás enamorado.
Cuando al verla sonríes.
Al recordarla suspiras,
Y en su recuerdo constante.
No existe más bello sitio.
Que estar rendido en sus brazos.
Y perdido en su sonrisa.
Que como brisa llega,
A dar calor al corazón.

Y acaso su figura, su recuerdo, su sonrisa.
Son una inspiración inminente
Para que tu mente active.
La alegría de la vida
Que es estar enamorado.

Es como viajar a ese mundo,
Que en tus sueños añoraste.
Donde tu ser y el de ella
Son una bella novela.
Que quizá vaya ganando espacio,
Cuando al pasar los días.
Que sin sentir fueron meses,
Hipnotizados por la alegría.
De estar enamorado...

Sabes que es amor.

Cuando su dolor te duele,
Cuando su presencia.
Su solo presencia en tu vida.
Es capaz de cambiar el odio,
Por una afable alegría.
Cuando el corazón palpita
Cundo estás enamorado.

Poema N.º 122.
Libro: Poesías y Poemas.
Autor: Anthony Josué Flores Reyes.

PRIMAVERA DEL AÑO.

Primavera que vistes de colores
La verde alfombra de un invierno.
Que el silencio del monte entonas,
Con el cantar de los pajarillos.
Que avivados, por los insectos
Multicolores mariposas.
Atraídas por las rosas,
El olor de aquellas flores.

Primavera que nos regalas
Los más bellos paisajes del año
Que conviertes lo seco en arte.
Que al guayacán lo vistes con tino.
Un elegante vestido amarillo.

Y al gigante y solitario ceibo,
Vistes de verde y vestido blanco.
Primavera que regalas al hombre
Un paisaje, que nunca aprecia.
Vas pintando paisajes.
Que el hombre borra.

En memoria de la tala de árboles.
Hay dos tipos de personas en el mundo:

Quienes esperan una vez al año que la naturaleza haga lo suyo y ven llegar la primavera, y quienes tienen todo el año delante de sus casas, o en sus vidas, su propia primavera. (jardines en sus almas, y también en sus veredas)

POESÍA: *Amaba tanto a un perro que cuando este amigo murió, lo enterré en las raíces del árbol que hay en el jardín de mi casa. Cada vez que este florece, es como si viera la sonrisa de mi fiel amigo, reflejada en las flores de aquella hermosa planta de guayacán.*

Poema N.º 123.
Libro: Poesías y Poemas.
Autor: Anthony Josué Flores Reyes.

SE CULTIVA.

El amor no está sellado.
¡Aun cuando te hayas casado!
O proclamado vuestro amor a todos,
a todo el mundo, si has deseado.
Es como la planta verde,
que, si no se riega, no crece y entendido los excesos.
Si se riega mucho, muere.
Ha de cuidar lo que se quiere,
Si lo quieres, ve y valora.
Si, aún no lo tienes, persigue.
Y si lo logras, no se ignora...

El abandono y el descuido,
Son como veneno de guerra.
que no se siente y mata lento;
Pero mata sin lamentos.
Nos descuidamos tanto, cariño.
Aun al amarnos tanto,
Siendo un amor completo.
Que prometía ser duradero,
y finalmente fue pasajero.
Nos quedamos en la orilla
Viendo al otro alejarse.
Nos quedamos a medio camino
Soñando llegar al final...

Poema N.º 124.
Libro: Poesías y Poemas.
Autor: Anthony Josué Flores Reyes.

SE LA LLEVÓ UN ADIÓS.

Lo mejor será, aceptar que se acabó.
Y pensar amargamente.
Qué, el amor de mi vida.
Con la muerte se ha marchado.
Llevando con ella los sueños,
Que un día planeamos los dos…

Entonces escribiré triste,
Cartas que nunca leerá ella.
Tal vez las lleve a su tumba
Como consuelo en el llanto.
Para dejarlas en su pecho.
Y al acordarme con pena,
Imaginando que la he visto.
Abrazaré al oso añorando.
Que una vez me regaló.
Lo abrazaré tan fuerte
A su amor, a ella…

Y abrazando los recuerdos,
Del mejor año con ella.
Suspiraré profundo, para no soltarla.
Caminaré sonriendo con ella,
Imaginariamente en la calle.
Como solía pasar de repente,
Y aunque solo este en mi mente,
En mi pecho su lugar.

Quizá al recordar su sonrisa,
El amor, brote por los ojos.
Y sin poder abrazarla.
El dolor se vuelva un llanto.

Entonces como si existiera.
Haré poemas a ella,
Mientras miro al cielo pensando.
Pensando amargamente,
Que jamás regresará...

Poema N.º 125.
Libro: Poesías y Poemas.
Autor: Anthony Josué Flores Reyes.

LA ISLA DE LA SOLEDAD.

Menudos pesares que aquejan, desde hace ya unos cuantos años.
Triste, solo, y sin siquiera.
Beber de los manantiales del amor.

¡Hay como la soledad me aqueja!
Que se me impregnó en el alma,
Cómo el dolor causado.
Por los golpes de un corazón ajeno…

Triste, veo la felicidad que añoré. Sí, añore…
Porque ya me di por vencido,
Desde hace ya unos cuantos años.
De intentarlo en el amor…

Unas me hicieron el alma,
Otras puñales hirientes, en mi corazón dejaron.
¿Sigo…?
Unas cuantas más de aquellas.
Muy lindas ellas… Me regalaron cofres;
De lo que se llama ilusiones.
Otras más estuvieron de paso, en mi vida y en mi cama.
Y al aparecer el alba,
Otra vez yo estaba solo…

¿Tanto fuese yo? Yo era el del problema.
Mi mente llegó a juzgarme,
Cómo se juzga y quema en la hoguera.
A un ladrón medieval…

Yo juré ser inocente, se lo juré al destino.
El hado y los caprichos, del amor me azotaron...

Me pusieron grandes bellezas, diosas bellas en mi camino.
Y yo el picaflor de ellas
En sus pétalos fui cayendo...

Menudos pesares del alma... De perdidas cándidas llevo,
Por las venas del alma.
Recorriendo mi destino.

Llevo unos cuantos años, en la isla de la vida.
De la soledad lejana, dónde llegamos todos un día.

De ahí observo de lejos,
A cupido desde el cielo.
Cómo falla muchas flechas, y práctica en el amor.
Él no es fino en puntería.
Flecha corazones impares...
Que se entienden unos días, por la droga del amor.

Y al pasar el efecto adicto, de la droga de ilusiones,
Se van, se alejan dejando.
Cómo quien rompe cristales,
Corazones en la tierra...

Y yo desde aquella isla yo observo.
Sin envidiar la felicidad.
Ya he sido herido por ella,
Disfrazada del amor...

Menudo el destino tonto,
De quién se enamora de prisa.
Por la belleza del cuerpo,
Que oculta las sombras del alma...

Yo ya bebí de los vinos,
que me ofreció cupido en el amor.
Son muy ricos y finos.
Pero te causan dolor...

Mejor señores observo,
Desde la isla de la soledad.
Cómo ustedes se van mareando...
Con el veneno del amor...

Poema N.º 126.
Libro: Poesías y Poemas.
Autor: Anthony Josué Flores Reyes.

SOLO TUVE UN ÚNICO AMOR.

Se me fue la vida esperando, que llegara un amor sincero.
Después de ella viajar al cielo
 Solo amores pasajeros...

Pasajeros como las aves, que se van como estaciones.
Los días se hicieron largos,
Largos años de espera...

Mi corazón estaba necio, guardando amor a quien no estaba.
Quizá del cielo ella sufría,
Al ver, que por ella lloraba...

Y le cerré al amor las puertas. Y más no vi mujeres bellas.
Más que sus bellos recuerdos.
¡A su amor, a ella!

Hoy, al mirarme al espejo, las canas ya me han jubilado.
Ya no estoy de veinte años, el tiempo me ha arrugado.
Quizá más que la piel.
Mi corazón que está cansado.
De amar toda una vida,
A quien pronto veré en la muerte

Poema N.º 127.
Libro: Poesías y Poemas.
Autor: Anthony Josué Flores Reyes.

HOY EN MI PARTIDA.

Todos vamos a llegar a viejos,
A todos se nos van a encoger los huesos.
Y los pasos se nos van a poner lentos.
Temblaremos en un momento, sin control.
Y no será de frío, serán los pasos del tiempo,
El anuncio de un olvido.

Son muy duras las despedidas y con sabor al olvido.
Tristeza, dolor y llanto, para quienes te quisimos.
Duele tanto hoy tu partida, aunque sanará un día.
Y hoy tu tumba está repleta, aunque mañana esté vacía.

Fuiste el ejemplo viviente, de un luchador social.
Un líder irrepetible, que algunos cuantos criticaban.
Porque al intentar ser como tú, en su intento fracasaban.
Un político, un orador, un hombre respetable.
E incómodo para aquellos, que con su gente atentaban.

Con errores y aciertos, como los tenemos todos,
Buscando siempre empleos, no para uno, sino para todos.
Fuiste todo un personaje de pueblo, che, **barbón Casariego**.
Fuiste el único alcalde dos veces, ¡pícaro, y mujeriego!
Fuiste un gran amigo, y para los que no te entendían un loco.
Fuiste un hombre en vida, y serás leyenda en tu muerte.
Solo espero que, donde estés, no sientas tristeza alguna.
Y que no te encuentres solo, como aquellos días.
Que todo allá sea alegría y no tristezas y penas.
Como los líos de los vivos, de donde ya estarás ausente.

Fallamos los que te quisimos, como fallamos todos en vida.
Y lloramos desdichados, siempre que hay una despedida.
Vuela alto, querido abuelo, que ahí detrás iremos un día.
Aquellos los que te quisimos, sin aceptar tu partida.

En memoria de mi abuelo. ***Ángel Casariego Panta.***
(Papito Che.)
viernes 24 de junio del año 2022.
Poema N.º 128.
Libro: Poesías y Poemas.
Autor: Anthony Josué Flores Reyes.

SENTIMIENTO IMPOLUTO.

El cariño, el amor de una persona fría.
Es el más sincero, verdadero y único.

Porque aprendió a querer,
En la orilla de un abandono,
Dónde se acaba el cariño.
Dónde nace la cruel soledad...

Porque conquistó la paz del alma.
En la isla de la vida.
Esa donde llegamos un día todos, llamada Soledad.

El cariño y el amor de aquellas.
Personas frías como hielo.
Es el más limpio y sincero.
Como la nieve de los polos.

Que se forjó en los laureles vastos, de un dolor pasajero.
Que deja estragos amargos,
Y en la piel del alma, huellas.

Este cariño es arte, y refinado en las aguas.
De los pesares del alma.
De quién entendió el amor.

Verso N.º 129.
Libro: Poesías y Poemas.
Autor: Anthony Josué Flores Reyes.

SERÁS SIEMPRE MI NIÑA.

Recuerdo como un ayer, cuando anhelaba un varón,
Como todo hombre aquel, cuando va a ser padre una vez.
Y al nacer fuiste una niña y no hubo diferencia alguna,
La emoción de ser papá, era más grande que la luna.
El llanto en mis pupilas, la emoción de verte viva.
Y esa mujer, mi esposa, a la cual amaba más.
Me había regalado una niña, me había hecho papá.

Te vi dar unos pasitos y en un parpadeo ya corrías,
Por las mañanas, en tu cabello, una florcita ponía.
Y tus besos en mi mejilla, alegraban mis días.
Respiré unos segundos y te me volviste, señorita.
Ya los niños me decían suegro, y a veces solo lloraba.

Es inevitable que crezcas, aunque tontamente deseaba,
Que seas siempre chiquita, que seas mi niña amada.
Respiré unos minutos secándome.
El sudor en la frente. Trabajando esmeradamente.
Para que nada te faltara.
Y en ese cerrar de ojos, orgulloso, me hacías.
Te graduabas de ingeniera, y a mis brazos corrías.
Eras una mujer resuelta y para mí. Siempre mi niña.
Recuerdo con mucha nostalgia, el día que naciste,
Yo, deseaba con ansia un varón, y en el vientre de tu madre
Viniste envuelta como el regalo, más hermoso que he tenido.
Como dije, en un parpadeo, en un parpadeo creciste.
Me hace feliz, verte tan bella, tan feliz y enamorada.
Hoy en tu boda le entrego, a un desconocido, el tesoro,

Más grande, más hermoso, que la vida a mí me ha dado.
Y mi pecho está repleto, al verte tan enamorada.
Y para siempre y por siempre, serás tú mi niña amada.

Poema N.º 130.

Libro: Poesías y Poemas.
Autor: Anthony Josué Flores Reyes.

EL CANTAR DE NUESTRO AMOR

Querida amada mía
No habrá distancia, ni tiempo.
Que ose, opacar nuestro amor.
Y el ocaso del sol, será un motivo.
Para saber que el tiempo avanza.
Como yo avanzo hacia tus pasos
Y tú, hacia mis brazos.

Será quizá las ganas,
Las ansiosas ganas de verte.
Quien me inspire a extrañarte tanto.
Y en consecuencia también
Guíe mis pasos hacia ti.

Anhelo con mucho ahínco,
Que en mis manos siempre.
¡Nunca, falten las tuyas!
Y que el frío de la distancia.
Se apague al verte pronto.
Cómo se apaguen también los deseos,
Que demás está explicarlo.

Sé que pronto pasará,
Y aquellos días de lejanía
No serán más que un recuerdo
Un viaje, una travesía.
Que confirmen que lo nuestro
Es verdad y no fantasía.

Y entonces no habrá un te extraño,
Cuando empáticamente estemos.
Sin más distancias, ni lapsos,
Que impidan querernos tanto.

Poesía N.º 131.
Libro: Poesías y Poemas.
Autor: Anthony Josué Flores Reyes.

SEÑORITA

Qué bonitos ojos tiene, que como luceros cantan,
En el universo de belleza, que su figura expone.
Señorita, no he visto nunca, tan despampanante belleza.
Dotada de tanta hermosura, que dibuja su figura.
Esa luz en sus bellos ojos, única de admirar.
Y qué digo de su boca... Ya mejor ni que hablar.

Señorita, usted me acepta,
Un paseo a caminar.
En el camino de la amistad.
Que termina en el amor...
Yo soy fans de su hermosura,
Y admiro el arte pintado.
Que Dios posó en su cuerpo.
Que tal belleza le ha dado...

Señorita, usted en sus ojos
Más que un mirar, encierra el arte.
Dónde se luce la belleza,
De la palabra poesía...
Yo quisiera invitarla.
Ya que usted me ha cautivado...
Aquel viaje de la vida,
Para ser su enamorado...

Poema N.º 132.
Libro: Poesías y Poemas.
Autor: Anthony Josué Flores Reyes.

LA PARODIA DE LA SUEGRA.

(Poesía)

Nunca le caí bien a mi suegra.
¡Madre mía!
¡Esa vieja era difícil!
Para ilustrar un poco el tema
Parecía como si al verme.
Yo fuera un sacerdote,
Y ella, un alma exorcizada.
¡Hacía muecas la desgraciada!
Hacía gestos, cuando yo pasaba.
Nunca me tocó suegra alguna
Como la madre, de mi amada.
Y en su afán de llamar la atención
Para expresar que me odiaba.
Al verme se desmayaba.
Pero no caía al suelo y sonaba
La cama siempre buscaba.

¡Y siempre, pero siempre buscaba!
Hacerme quedar como un don nadie.
Claro que yo no trabajaba,
Paraba bebiendo con los amigos y esas cositas.
¡Pero ella siempre exageraba!
¡Hablaba demás la vieja!

Era boca suelta, era lisurienta.
Y en su afán de regañar a la hija.
Otros hombres le recomendaba.
Pero su hija me amaba

Ese guambra era una rosa
Su mamá era las espinas.
¡Nada más!

Pero finalmente uno es familia.
Y aunque la suegra te repudie,
Hay que darle sus motivos.
Para que te odie de verdad...

Poema N.º 133.
Libro: Poesías y Poemas.
Autor: Anthony Josué Flores Reyes.

NOSOTROS SOMOS LOS FUGACES.

El año se llevó más que los días,
Me dejó solo recuerdos.
De alguien que quería...
El año como el viento pasa.
Con sus efímeros días,
Dejando gratos momentos.
Que el corazón añora...

¡Ya no falta nada!
Para la Noche Vieja,
Una Navidad murria,
Con una silla vacía.

Y el epílogo anunciado,
De un diciembre que, en sus días
Semanas y horas.
Va corriendo a mucha deprisa.
Dejando un pecho vacío,
Y en los ojos tristeza.
Con los recuerdos vagos,
De alguien que está ausente.
Y el año pasó de largo,
Cómo las estrellas fugaces.
Como fugaces somos todos,
En esta infame vida.

Poema N.º 134.
Libro: Poesías y Poemas.
Autor: Anthony Josué Flores Reyes.

MOLESTIA Y RECUERDO.

Entre molestia y recuerdo.
Prefiero ser el recuerdo,
Ese que causa molestia y pena.
Por ser un simple recuerdo.

Entre los recuerdos vamos
En este mismo momento,
Dándonos viajes buenos
En las mentes ajenas...

Molestias que causamos,
En esta agitada vida.
Porque de muerto todos.
Somos lindas personas.
Y como fotos pasamos
Siendo simples recuerdos
En las mentes ajenas
De esas lenguas filosas.

O el corazón ardiente,
Que se acopla con los ojos.
Al marcar un recuerdo nuestro.
Que termine en pena.

Poema N.º 135.
Libro: Poesías y Poemas.
Autor: Anthony Josué Flores Reyes.

MI PELUSA
(Mi mascota)

Cuando tengo un mal día corro,
Y en mis recuerdos te encuentro.
Al ver tus pelitos en mi ropa.
Te abrazo fuerte y ahí estás.

La vida de un perro se dice.
Que es como un fugas suspiro
Nadie nos prepara en su partida.
Y como duele aquel olvido.

Es un animal cualquiera, me dijeron cuando partiste.
E incluso en su tontera, quisieron regalarme un perro.
Yo, no quería un remplazo.
Mi fiel amiga había muerto.
Dicen que el mejor amigo.
Del hombre, es el perro.
No hay duda cuando uno quiere,
Ellos van fieles, hasta la muerte.

Aún recuerdo a ese cariño
Como el más grato de mi vida.
Esa cola que se agita
Sus lamidas en mi ser
Sus pelitos en mi ropa.
Y esas huellas tan marcadas
que en mi corazón dejaste.

Llego a la casa y está vacía,
Limpia, huele, y ordenada.

Tu ausencia se hace notar,
Ya no hay saludos al llegar.
Ni los llantos de una niña,
Cuando me iba a trabajar.

En memoria de mi perrita querida: Pelusa Antonia.

29 de SEP. 2021 – 25 de julio de 2022
Poema N.º 136.

NO ME OLVIDARAS.

Él, la quería tanto y ella lo adoraba.
En la calle o en la vida eran solo uno.
Bajo las sombras impolutas,
De las olas del amor.

Ella en sus ojos vivía,
Cómo el amor de su vida...
Él en su pecho de ella,
Guardado como un tesoro...

Ella lo adoraba tanto, que su vida daría por este.
Quien fuera su amor bonito,
Al que ella adoraba...

Pero nunca falta de aquellos.
Los caprichos del destino.
Que le pone en otros ojos
A jugar con los amores...

Él cruzaba el río, más turbulento de su vida...
Ella en la orilla esperaba,
Sin poder ayudarlo...

Un río de problemas, palizadas y corrientes.
Esos que nos dan la vida,
Solo para los valientes...
El, con todas sus fuerzas, cruzó el río por ella,
Motivado por su cariño y el amor que le tenía...

Ella no esperó siquiera.
Que él tomara un aliento,
Y se alejó en un barco nuevo.
Con un piloto ajeno...

Él la miraba triste,
Solo debía esperarlo.
Y ella se cansó tan pronto.
De aquel río de problemas.

Él se quedó en la orilla.
Salvado por el amor de ella.
Pero a la vez herido del alma
y con el corazón hecho pedazos.

Ella se perdió en el tiempo.
Sin siquiera despedirse.
Él la añoró en silencio,
por unos meses y años...

Ella fue el motivo,
De sus múltiples poemas.
Ella fue mi amada.
Y aquel chico he sido yo...

Poema N.º 137.
Libro: Poesías y Poemas.
Autor: Anthony Josué Flores Reyes.

AMOR DE MI VIDA

Eres de esos amores,
Que sin esperarlos llegan.
Fuiste como las flores,
Que diste color a mi primavera.

Y el ocaso del sol ardiente,
No más, opacó atardeceres.
Por el contrario, las buenas noches,
Sí que son buenas, con tu presencia.

Anhelo contigo los meses,
Y años largos del calendario.
Donde no existan finales,
Ni malos días amargos.

En mi mente hay mil locuras,
Que, como nadie, has de entender.
Una mezcla de sentimientos.
Que nuestro a amor se acopla.

Eres risa por las mañanas,
De la primera imagen del día.
Aunque hoy solo sea un recuerdo,
Pero esperaré paciente el día.

En que tu cama, sea la mía.
Y la habitación, la misma.
Donde el calor de los dos sea uno.
Y más no una fantasía.

A veces imaginando
Pinto nuestro futuro al ocaso.
Donde hasta viejitos juntos,
Miremos los atardeceres...

Poesía N.º 138.
Libro: *Poesías y poemas.*
Autor: *Anthony Josué Flores Reyes.*

EN MEMORIA DE MI MASCOTA.

No había entendido hasta entonces
El significado de amar.
Cuando al verte sin vida,
Me derrumbé llorando.

Era imposible evitar.
Que aquel dolor escape,
Desde el pecho, hasta mis ojos.
Y termine en llanto.

Tu cuerpecito estaba caliente.
Y tu nariz aún fría.
Tus pelos blancos en mi ropa.
que, como recuero, me dejabas.

Te abracé con mucha fuerza,
Intentando detener tu alma.
Que abandonaba tu cuerpo,
Mientras tus ojos cerrados.
Y tu corazón plantado, anunciaban un adiós.

Extrañaría tus travesuras,
Tus mordidas, y esos juegos.
Desearía verte con vida,
Aunque me hagas renegar.
Te quise sin fronteras,
Y antes de ti, no supe amar.
Hoy solo una foto en mi casa.
Y amargamente un recuerdo,
Al que no podré abrazar.

No entendía de amores.

Antes de conocerte a ti.

Una cola que se mueve,

Una sonrisa sin bulla,

Una alegría con brincos.

Y un ladrido que, para siempre.

En mi corazón vivirá...

Inspirada en aquellas mascotas, que nos dejaron para siempre.
Poema N.º 139.
Libro: Poesías y Poemas.
Autor: Anthony Josué Flores Reyes.

UN ADIÓS INQUIETO

Este fue el más triste adiós,
Cuando mis ganas eran quedarme.
Y aunque la depresión y la tristeza,
Me obligó de ti a alejarme.
No dejé de quererte, mucho menos de amarte.

Y hoy de lejos miro.
Lo que de cerca tuve, y fue mío.
Escribo cartas de noche, que ni siquiera te envío.
Para alimentar mi alma, y no morir de recuerdos.
Y en un desprendimiento empático.
De amor hacia ti, mi amada.
Te solté para no lastimarte,
Y herido, he salido yo.
Mas decidí alejarme y llevar como recuerdo.
Tu tan inquieta sonrisa.
Mas no contemplar tus lágrimas,
Cuando el amor haya muerto.
Pero como en todos los lutos, debo ser fuerte yo.
Mas los primeros días oprimen,
Y luego las risas vuelven.
Solo y desde mi morada deseo,
Que seas feliz contigo.
Y yo, el calor de tus recuerdos,
Atesoraré como abrigo.

Poema N.º 129.
Libro: Poesías y Poemas.
Autor: Anthony Josué Flores Reyes.

VENENO *DEL ALMA*

Después de una ruptura al corazón,
Emprendí un viaje sin retorno.
Al que tú, si puedes volver, o no viajar jamás.

Empecé a probar las delicias, de las curvas de una mujer.
¡Qué digo una! Varias, tantas que la cuenta perdí.
Me ilusionaba en sus lomas chicas,
Y algunas otras, que parecían praderas.
Pasaron tantas por mí, o yo, pasé por ellas...
Y al final de cuentas estaba solo, y la recordaba a ella.
Pero aquel vacío empujaba, a querer otra en mi cama.
A desnudar una piel morena, una blanca o canela.
Me sentí a veces asqueado.
Y ya para entonces no complacido.
Tanto que, para amortiguar la pena,
Unos buenos tragos me empujaba.

A menudo era uno, y cuando muy asqueado. Me embriagaba.
Y así el sexo ya no importaba, ahora el trago me gobernaba.
A veces andaba solo, y entre más vacío me sentía.
Me metía mar adentro, en el alcohol me ahogaba.
La depresión, el asco y sus fantasmas.
Día y noche me atormentaban.
Tanto que remplace el sexo, y el alcohol, por viajar más lejos.

Ese viaje es aquel.
De los que muchos hablan.
Con una dosis volaba, y mis problemas se esfumaban.

Pero al terminar el viaje, volvía el vacío intenso.
Y emprendía mis maletas, para viajar de nuevo...
Perdí la noción del tiempo, y de los robos me lucraba.
Ya no era un entristecido, la policía me buscaba.
Y en un callejón sin salida, frente a un espejo, estaba ella.
Mi amada se desvaneció, y mi imagen no era yo.
Los huesos marcaban mi piel, y una abundante barba.
De pronto el cristal se rompió.
Y en mi pecho había una bala.

La depresión es letal para la vida. El sexo, droga y alcohol, son los pasos que guías en el camino de tu perdición. Dedicado a todos los adictos. Roguemos por ellos que salgan de ahí. Y los que no, que nunca entren en ello...

Poesía N.º 141.
Libro: Poesías y Poemas.
Autor: Anthony Josué Flores Reyes.

LOS HIJOS VUELAN.

Y al volver a casa
La encontramos vacía.
No había gritos al abrir la puerta
Y nuestras miradas tristes yacían.

De sorpresa en mi semblante,
Unas lágrimas rodaban.
Un silencio que agobia.
Y me transporta a los recuerdos.
Recuerdos de quienes un día,
Eran y serán mi alegría.
Pero volaron como las aves,
Como lo hicimos un día...

Y al mirar a mi esposa,
No era yo solo, quien lloraba.
Una tristeza en su mirada,
Que perfectamente entendía.

Y en la cena una mesa grande
Con varios puestos vacíos
Varias voces, ya ausentes.
Y nuestras miradas perdidas.

Éramos dos, otra vez.
Como al inicio fuimos.
Como las aves del tiempo,
A quien nos queda el recuerdo.

Se habían marchado los hijos,
Que nuestro hogar llenaron
Y nos dejaron recuerdos
Y una casa vacía…

Pero no todo es tristeza,
¡Ya volverán un día!
Con sus retoños cantando.
A nuestra casa vacía…

Poesía N.º 142.
Libro: Poesías y Poemas.
Autor: Anthony Josué Flores Reyes.

HERMANOS

Nacimos del mismo árbol, que nos regaló la vida.
Y aunque inevitablemente nuestras ramas,
Vayan en distintas direcciones.
Nos unirán siempre nuestras raíces.
Por distintas razones.

Los hermanos son aquellos, amigos que no elegimos.
Pero que estarán siempre presentes, para toda la vida.
Desde el amanecer de nuestros días
Hasta el inevitable y triste atardecer.
Y acaso son los recuerdos más gratos y cómplices,
De nuestra inolvidable infancia.
Aunque en la adultez, por seguir los sueños
Pase factura la distancia.

Son como para el ejemplo, las piernas en nuestro ser.
Que para avanzar caminan juntas,
Para poder andar...
O en la vida como los brazos,
Que el abrazo, al juntarse, forman
Y de la manera más grata en la vida,
Significa tener un superhéroe.

Y si los padres faltan un día,
En la triste soledad habrá un consuelo,
Siempre habrá un segundo refugio,
En los brazos de un hermano.

Porque no habrá persona ajena,
Que como un padre te cuide tanto.
Te proteja como un héroe.
En los brazos de un hermano...

Poesía N.º 143.
Libro: Poesías y Poemas.
Autor: Anthony Josué Flores Reyes.

POR TU AMOR

Que me importa que la gente hable,
Que murmure o ladre... que de ti estoy.
Enamorado hasta de tu sombra,
Bien pueden pensar lo que ellos quieran.

Bien pueden pintarme del patito feo,
a ti de dama, si es que ellos quieren...
No me enamoré de ellos, ni de sus comentarios feos,
Yo me enamoré de ti, hasta de tu propia sombra.

Bien pueden hablarle a la bruja de tu madre,
Que me vieron cantarte allá en el río,
Con mi guitarra, estos versos míos.
Que los llevo en el alma,
Por el amor que te tengo...

Bien pueden envidiar la forma,
En que nuestro amor se forja.
Nada ganan con ello,
Al intentar separarnos...

Poema N.º 144.
Libro: Poesías y Poemas.
Autor: Anthony Josué Flores Reyes.

TE LO PROMETO

Estaré bien, te lo prometo.
Cuidaré de mí, y esos recuerdos tuyos.
Los voy a conservar siempre.
Solo espero que los míos, no los guardes en el olvido.

Fuiste la persona correcta, que me hizo muy feliz.
Lamentablemente coincidimos,
En el tiempo equivocado.
Nos dejamos en la estación,
Despidiéndonos para siempre.
De aquel tren que nos aleja.
En los caminos de la vida...

Y nos quedamos solos.
Siendo como al principio fuimos.
Unos completos desconocidos.
Que fingen no recordarse.

Voy a sobrevivir a los embates,
De las sombras del recuerdo
No voy a morir de amor, querida,
te lo prometo...

Poesía N.º 145.
Libro: Poesías y Poemas.
Autor: Anthony Josué Flores Reyes.

FLOR DE PRIMAVERA

Que majestuoso gesto, que me regaló la vida.
De ponerte en mi camino, sin preguntar siquiera.
Entre todas destacada, como el frío en la madrugada.
Como el color aquello, de la flor de primavera.

Distante el otoño siempre, que en la vida representa.
Los que fueron días grises, mientras yacía tu ausencia.
Y jocoso el arcoíris, de una risa agigantada.
Que a mi vida has regalado, como flor de primavera.

Como el silbido de aves, o el color de mariposas.
El significado de amor, que representa una rosa.
Rosa o rosas de colores, que a mi vida han pintado.
De alegría, gozo, euforia, como flor de primavera.

Majestuosa tu presencia, que como paz ofrece,
Una tranquila compañía, como la de una rosa.
Que al mirarla risa provoca, y un perfume suave emana,
Un cálido beso en la boca, como quien huele una rosa.

Y al despertar el sueño sigue, y si es sueño. Realidad asemeja.
Tu afable y dulce compañía, como flor de primavera,
Como aquella adorna el campo, de colores variados,
Que no repiten colores, como tus jocosos besos

Poesía N.º 146.
Libro: Poesías y Poemas.
Autor: Anthony Josué Flores Reyes.

POESÍA DEL TIEMPO

Somos el presente,
De quien en su pasado anhela.
Las lágrimas de un desprecio,
Que sin enterarnos fuimos...

Como anhelamos también en silencio
A un futuro lejano.
Mientras ayer en su presente,
Ni siquiera, volteo a mirarnos...

Somos risas de un futuro,
Que tal vez no funcionamos.
O recuerdos tan amargos,
Como los de nuestros pasados...

Somos dos presentes locos,
Que al juntarnos dejamos.
Pasados en silencio,
Con los corazones rotos...

Y las risas del presente,
Quizá mañana sean recuerdos.
Tan amargos de un futuro,
O los más gratos, de un pasado...

Que, por cosas del destino,
Aquel presente se ha esfumado.
Y desde el futuro añora,
Siendo feliz con un presente.

Somos pasado, presente y futuro;
Mientras en la vida andamos.
Tan distraídos sin siquiera,
Sin siquiera percatarnos...

Poesía N.º 147.
Libro: Poesías y Poemas.
Autor: Anthony Josué Flores Reyes.

La siguiente poesía está inspirada en las personas que amamos, que quisimos en secreto, o que nunca fuimos nada. El pasado, presente y futuro, es nada más que la representación de una persona (X) en nuestras vidas, a lo largo de nuestra historia en el camino del amor.

LA ACEPTACIÓN

Noches de soledad y delirio,
Que me cobijan con pesadillas.
Como aquel martirio,
desde tu triste partida...

Los recuerdos que vagan sonantes,
Como hojas que caen de otoño.
Mientras mis esperanzas errantes,
Se pierden como agua en arroyo.

Mientras te extraño a dolores,
Quizá los más tristes del alma.
Tú vas renovando amores,
Desde los besos, hasta la cama.

Y el silencio de las miradas,
Que antes nuestro amor avivaban.
Hoy son cortantes, punzadas.
Que en el murmullo acaban.

Y en el pecho quedan dolores,
Mientras añoro recuerdos.
Pues nadie ha muerto de amores.
Ni por tampoco tenerlos...

Poema N.º 148.
Libro: Poesías y Poemas.
Autor: Anthony Josué Flores Reyes.

EL MAL PAGO DE UN HIJO.

De la boca muchas veces,
Me he quitado el alimento.
Como me he desvelado el alma,
Para tenerte contento.

Y no es acaso un lamento,
Es una tristeza al verte.
Hoy que mis pasos son lentos
ni siquiera volteas a verme.

Sostuve tus pasos lentos,
Los primeros de tu vida.
¿Por qué no sostienes los míos?
Hoy que ya voy de salida.

Te di lo mejor que pude,
Hasta mi último aliento.
Quizá para ti ha sido poco,
¡Como de mí, lo lamento!

Hoy no me entiendes y gritas,
Cuando al hablarme, no te oigo.
Si tiemblo o ensucio, te irritas.
O si me enfermo te enojas.

Yo, te entendí cuando tú habla,
Eran los llantos y gritos.
Yo desvelé mis sueños.
Por siempre tenerte contento.

Poema N.º 149.

Libro: Poesías y Poemas.

Autor: Anthony Josué Flores Reyes.

CARTA A MI EXESPOSA

Esposa querida, añoro con recelo, nuestros días felices.
Que hoy son un recuerdo, que tristemente me acompañan.
Tú te llevaste recuerdos y yo te dejé los míos.
Los dos nos regalamos, hijos, lo más bello que aún nos queda...

Mujer que tanto quise, que hoy me toca despedirme.
En una triste carta, extrañándote con el alma.
Te fuiste de mi vida, como las aves se alejan.
Tal vez por no entendernos, y un mal llamado distancia.
Nos quedan recuerdos gratos, de cuando éramos unos niños.
Un amor de vida, que hoy suena a despedida...

Me regalaste tus años, juventud y sueños.
Yo, también sacrifiqué anhelos.
De lo que no me arrepiento.
Fue un hermoso viaje, hasta donde nos rendimos.
Hoy me despido agradecido.
Por los tan buenos momentos.
Y más cuesta el adiós, al dejar nuestra historia.
Parado en una pista sola, que se llama olvido...

Poesía N.º 150.
Libro: Poesías y Poemas.
Autor: Anthony Josué Flores Reyes.

LOS CELOS

Demostración de amor sana,
Cuando en porción pequeña viene.
Y si con excesos se expresa,
¡Corra mientras puede!

Y el celar acaso amarga,
Cuando ya, no se confía.
Mata el alma y envenena,
Y hasta el corazón se enfría...
.

Celos de amor, parecen.
Un interés profundo,
Cuando de seguridad carece,
Valla solo por el mundo.

Nadie ha muerto de amores,
Pero los celos sí hartan.
Tenga cuidado con desamores,
Que hasta los celos matan.

Celos enfermos aquellos,
Que ven y afirman fantasmas.
Estos vienen con dramas,
¡Aléjese siempre de ellos!

Todos celamos siempre,
Como en la vida mentimos.
Pero tenga siempre presente,
Donde hay celos, ¡perdimos!

Poema N.º 151.

Libro: Poesías y Poemas.

Autor: Anthony Josué Flores Reyes.

CARTA AL CIELO A MI MADRE.

Te extraño tanto al mirar al cielo,
Que con tristeza canto.
Desde que partiste anhelo,
Y mis suspiros terminan en llanto...

Madre, que temprano partiste,
Y mucha pena nos dejaste.
No he de superar tu partida,
La más amarga despedida.

En tu tumba he de regar las flores,
Con ellas, mis tristes lágrimas.
Mientras al visitarte lloro,
Y pido al cielo que regreses.

De niño imaginé construir,
Una gigantesca escalera.
Que me lleve hoy al cielo,
Aunque en el intento muera...

Extraño el fuerte, de tus brazos.
Y tus delicados besos.
Quisiera estar entre tus brazos,
A Dios le pido y le rezo.

Llevo unos tristes y largos años,
Extrañándote en silencio.
De flores tu tumba lleno,
Mientras añoro tus abrazos.

Madre, que estás en el cielo.

Te extraño mucho en silencio,

Tal vez como no imaginas.

Cuando yo solo me siento....

Poema N.º 152.

Libro: Poesías y Poemas.

Autor: Anthony Josué Flores Reyes.

ME PERDÍ EN TU MIRADA

Yo, no soy de aquí.
Pertenezco a tu corazón, desde el día en que te vi...
Como lluvia caen rendidos.
Todos mis pensamientos,
que se alojan en tus recuerdos.
en cada espacio tuyo...
Voy recordándote, voy sonriendo...
Y de a poco, a poquito, amándote.

Yo, no estoy aquí y quizá pienses que exagero,
 vivo dentro de tu mirada,
Que como vaivén del mar me traslada,
Hacía lo profundo de tu sonrisa.
Dónde mudé mis pensamientos,
Para quererte a ti...
Voy navegando ya meses, naufragado en tu belleza.
Contemplando cada espacio, de tu piel querida...

Si algún día me pierdo, han de encontrarme en tu pecho,
O en la sonrisa tuya, que como almohada acoge,
Mis más bellos ensueños en donde vives tu...
me perdí en el sin fin oscuro, del color de tus ojos.
En el cual voy navegando.
En tu hermosa mirada...

Poema N.º 153.
Libro: Poesías y Poemas.
Autor: Anthony Josué Flores Reyes.

ALTAMAR

Vivo sumergido en aquellas aguas.
Frías, lejanas y solitarias, como la misma luna.
No es muy lejano su parentesco, nada tiene que envidiarle a esta.
Las frías aguas de altamar...

Un sitio aislado, y sin dueño; pero que, en fin, es también es de todos.
Yo navegaba solo, en el vaivén poético, de las aguas frías de altamar
Con el único calor en mi alma, que los recuerdos de mi esposa,
De mis hijos, mi familia, que en la orilla me esperaban...

Cómo aquel sabueso que mira. Tristemente, irse a su dueño,
Sin saber si en esa espera, él un día volverá...
Pues es la triste, cruda y poética, travesía de un pescador.
Que busca el pan aguas adentro, en los confines del mar.
Sin saber siquiera... Sí volverá de altamar.
Su esposa en la orilla, su familia lo espera.
El calendario en junio 29, un día a celebrar.
¡Nada, no es nada!
Una piedrita en la arena, ese fugas suspiro de felicidad.
Mientras su cuerpo vive envuelto, en las aguas frías de altamar...

Pescador que vas navegando, aguas adentro en el mar.
Buscando el pan del día. En las aguas frías de altamar.
Aquí te espera tu esposa, que ve pasar las horas,
Que ve adentrarse los barcos, en plena orilla del mar...

Pescador que tú día es largo, más que los de la tierra,

Porque en aquellas aguas frías. El sol con demora se va.

A las ocho de la noche, en las aguas frías de altamar.

Un mes adentro, unos días afuera.

¡Odiseo pareces!

Día tras día, noche tras noche, en el vaivén poético de las frías.

De las frías aguas de altamar.

Poesia N° 154.

Libro: Poesías y Poemas.

Autor: Anthony Josué Flores Reyes.

CORAZÓN SIN SUERTE

Corazón que vas herido,
Por la vida regalando amores.
Tiempo, cariño y afecto,
A quien no merece, ni flores.

Roto y recuperado,
Después de estar enamorado.
De quienes no te han valorado,
Pero que mucho te ha enseñado.

Corazón de un pecho gigante,
¿Cuántas veces a ti, te han roto?
Por seguir amores errantes,
Por ingenuo, ser de apoco.

Noble corazón de papel,
Que con fuego siempre has jugado.
Y has sufrido engaño aquel,
Has terminado, siempre quemado.

Corazón que ha sufrido otoños,
Cuando fingieron ser primaveras.
Haciendo tus lágrimas invierno,
Mientras te calentó un verano.

Ya has de encontrar tu flor,
Corazón sin mucha suerte.
No ha de ser eterno el fracaso,
Ya he de venir un buen amor.

Ya he de venir tu suerte,
Corazón de mil batallas.
No te ha de encontrar la muerte,
Sin que la felicidad te abrace.

Poema N.º 155.
Libro: Poesías y Poemas.
Autor: Anthony Josué Flores Reyes.

CORTOS SE QUEDARON LOS CUENTOS.

Final feliz en los cuentos de hadas.
Que por fortuna son solo cuentos,
Muchas y más palabras,
Que de real no tienen nada...

No he de tener un final feliz,
Nuestro accidentado amor.
¡Pero qué historia tuvimos!
Una linda historia de amor.

Que intensas ganas de amarnos,
Cuando prohibido era el amor.
Aquellas noches de pasión,
A escondidas como un ladrón.

Que cortos los cuentos quedan,
Cuando de amor se cuenta.
Donde las palabras sobran,
Aquí las acciones llenan.

Sin final feliz marcado,
Pero una historia apasionante.
Que hermosos tiempos de enamorados,
Un recuerdo emocionante.

Cortos se quedan los cuentos,
Si de brujas hablamos.
Corto se quedó el momento,
La última vez que nos besamos.

Y el corazón se extraña,
Más que el de Romeo a Julieta,
Corto se quedó el mañana.
Esperando un amor que inquieta.

Poema N.º 156.
Libro: Poesías y Poemas.
Autor: Anthony Josué Flores Reyes.

VERSOS A TÍ.

Como disfruto que tus ojos bailen,
Mientras mis labios cantan.
Y que el temblor de tus manos,
Me hagan danzar el corazón.

Que como un soneto canta,
Al sentir tu apego.
Y no es orgullo, ni ego,
Lo que siento, es amor.

Cada que mis ojos te miran,
Con mucha delicadeza.
Tu ser, que es el concepto,
El significado de belleza.

Tu voz que es la sinfonía,
Qué gozo, al escuchar.
Como mis ojos brillan.
Cuando te veo pasar...

Eres arte, sin pintura.
¡Pero qué bella figura!
De un interior que encanta,
Imposible de no amar...

Siento el alma llena,
Y el corazón contento.
Con tu risa que, al mostrarse.
En tu rostro un monumento.

Los versos que yo te cante,
Muy cortos han de quedar.
Eres completa poesía,
Difícilmente, de no amar.

Poema N.º 157.
Libro: Poesías y Poemas.
Autor: Anthony Josué Flores Reyes.

DESCONSUELO

La vida es como una carrera.
Quienes se mueren se quedan,
y el tiempo. Los obligatorios pasos.
Para seguir andando, para seguir viviendo,
para seguir llorando...

Ojalá me cure las penas,
de este infame año.
Unas dosis de morfina,
En las venas del alma.

¿Por qué tengo que ser perfecto?
Ante los ojos ajenos,
¡Porque no puedo ser yo!
Y aquí seguir llorando.

Voy como el tiempo dando,
En los corazones ajenos.
Los mejores recuerdos,
Que tristes se ahogan en penas.

El año y sus días amargos.
Me manosearon el alma,
Cómo aún papel ajado,
obsequiándome tristezas...

Guardo la esperanza rota,
De verte una última vez.

Cómo aquel cuento que dice.
Que cuando uno muere,
Se encuentra otra vez,
Con quién has querido tanto.

El trance de mis pupilas,
Por las mañanas juegan.
Con las maletas de recuerdos,
Que han de dejarme en blanco.

Poema N.º 157.
Libro: Poesías y Poemas.
Autor: Anthony Josué Flores Reyes.

DUELES VIDA

La vida empieza a doler,
Cuando en tus cumpleaños faltan.
Los abrazos de papá.
O quizá, los de una madre.

Cuando hay pocos amigos,
Porque descubriste con decepciones,
Que hasta en la amistad hay traiciones,
Y tuviste que descartar.
Uno, o unos cuantos montones.
Que solo eran eso.
Un montón de conocidos,
Más no eran amigos.

La vida duele,
Más cuando los miedos profundos.
Te alcanzaron los pasos,
Y tristemente en el cielo,
Tienes un ser querido...
Un abuelito, rabioso.
Un papá esmerado,
Un tío afable.
O incluso una mascota.
O el dolor de una madre...

Todos nos acompañan,
En el camino de la vida.
Hasta cierto trayecto,
Y más se quedan atrás,

Viendo cómo avanzamos,
Y uno llorando triste,
Al ver que nos alejamos,
Con los pasos del tiempo,
De quién mucho amamos...

Poema N.º 159.
Libro: Poesías y Poemas.
Autor: Anthony Josué Flores Reyes.

COMO EL SOL BRILLANTE

A veces quisiera ser como el sol.
Aunque solo;
Pero brillar con luz propia.
Así sea el día más triste.
Y aunque mis rayos,
en las nubes, de un día sombrío, mueran...
El calor de mi energía,
Que llegue a ti como poesía.

Brillar como aquel sol,
Que si el día fuese triste.
En el ocaso morirme,
Y más al día siguiente,
Volver a brillar mejor...

Poema N.º 160.
Autor: Ángel Edu.
Libro: Poesías y Poemas.

YARAVÍ DE UN DESAMOR.

¡Ay! ¡Cómo me quema el alma, vida mía!
Que te ven pasar mis ojos, en unas manos foráneas.
Celosos, mis pesares como los propios atardeceres...
Llenos de ira, de coraje, y pena...
Por tu amar con fuego ardiente.
A un corazón ajeno...

Nada quiere el destino, saber de mis pesares.
A ti te pone bella, feliz y andante en los caminos dulces.
De un amor ajeno, al que miro con desprecio, celos y regocijo...

A mí, en cambio, las hieles de verte fraguar tus ojos.
En la danza del amor... Con un hombre al que desprecio.
Y que envidia se llena mi alma, cuando los ven pasar mis ojos...

¡Caramba!
Digo yo maldiciendo, por no decir mala palabra...
Que injusta es la vida, que planta semillas de amores.
Dónde, no le es correspondido...

Ya quisiera yo la dicha,
De perderme en tu mirada.
En los caminos prosaicos.
De tu amor sincero...

Poema N.º 161.
Libro: Poesías y Poemas.
Autor: Anthony Josué Flores Reyes.

SOLTARTE

El proceso de olvidarte, me lo llevo para siempre.
Con este amor que calcina, que ahoga y que lastima,
Con tan solo recordarte.

He aprendido a soltarte,
Y que dolor más profundo aquello.
Cuando estás obligado a olvidar, a quien has amado tanto.
El amor nos presentó, y por cosas del destino,
Se nos cayó la confianza.
Y hoy nos extrañamos tanto, pero es mejor así...

Hoy después de muchas lunas, miles de gotas derramadas,
De las más amargas lágrimas, que me heredo tu partida.
Hoy te volví a ver.
Tomada de una mano. Que por cierto no eran mías.
En mi semblante una risa. Ya, no dueles querida...

Poema N.º 162.

DESDE MIS OJOS

Mis ojos te tomaron miles de fotos.
Que luego, se convirtieron,
En los más bellos sonetos,
De ese tu recuerdo, esa sonrisa tuya...

Mis ojos al verte sonrieron,
Dando luz a mi mirada,
Por esa belleza tuya.
Que fue mi más bello sueño...

Pareces sacada de un cuento,
de la imaginación, o un sueño.
De esos que tuve de niño,
Con el amor perfecto.
Vas por mis ojos te adentras,
Hasta mis más bellos sueños,
Que luego van repartiendo,
Mucha alegría al verte...

Poema N.º 163.
Libro: Poesías y Poemas.
Autor: Anthony Josué
Flores Reyes.

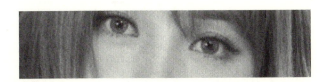

DESDE QUE PARTISTE, PADRE.

Nos mostraron el camino equivocado,
Los días del año, padre.
Esa ausencia tuya, que al mirar al cielo.
Acrecienta mi congojo y una gruesa pena,
Ha de recorrer mis mejillas,
Como las gotas del río, que van de a poco viajando.

Intento caminar despacio, para no tropezar con aquellos.
Esos recuerdos tuyos, en mi triste camino.
Como olvidarte padre, si fuiste siendo el más malo.
El mejor padre del mundo, que me regaló la vida,

No he de hacer entender a mis ojos.
Que jamás volverán a verte,
Que ya dejen de llorarte, a un año de tu muerte.

Como no olvidar tu apego, y esas ganas tuyas.
Esa vibra antojadiza, que me invade el alma.
Con los tristes recuerdos,
Que en mi pecho llevo,
Y que hoy conservo.
Desde que partiste, padre.

Poema N.º 164.
Libro: Poesías y Poemas.
Autor: Anthony Josué
Flores Reyes.

VOLVIMOS A ESTAR SOLOS

Volvimos a estar solos, esas manos mías.
Ese cuerpo que reclama, el sudor del tuyo...
Volvimos a estar solos, esos ojos míos.
Que hoy se inventan paisajes, al estar tú, ausente.
Esas manos tuyas, que iban juntas a las mías,
Hoy se extrañan tanto, al estar lejanas.
Volvimos a estar solos, mis pensamientos matutinos.
Y los de las noches tristes, y los días grises.
Volvimos a estar solos, esos labios míos.
Ya no aterrizan en los tuyos,
Más solo hay recuerdos.
Y quizá tú vayas sola, como mis pasos tristes.
O quizá me equivoque, y vayas tomada de la mano.
Con un nuevo presente, mientras me quedé en el frío.
De los tristes lamentos, de un pasado mío...

Poema N.º 165.
Libro: poesías y Poemas
Autor: Anthony Josué Flores Reyes.

TE ESPERÉ BAJO LA LUNA.

Te esperé a que llegaras, mirando las estrellas.
En nuestro lugar de acopio, donde a escondidas nos vimos.
Te esperé toda una vida, y tú nunca llegaste.
Desde el día en que partiste, solo. Dónde me dejaste.

Y como gotas cayeron, aquellas mis penas.
De extrañarte tanto, en mi amarga espera...
Cada suspiro en el pecho, que como puñal me herían.
Con tus besos ausentes, y un recuerdo tuyo.

Te esperé con la esperanza, de que un día volvieras.
Desojando flores, para ver si me querías.
Te esperé de noche, y también de día.
Extrañando tus besos, y el cariño tuyo.

Te esperé en aquel lugar, donde soltaste mi mano.
Y de espaldas te alejaste, sin mirar atrás siquiera.
Te esperé en las frías noches, de un olvido neutro.
En los brazos del recuerdo, que me dejaste en el pecho.

Te esperé en cálido ambiente, de unos días grises.
Que me trajeron recuerdos, los recuerdos tuyos.
Te amé como nunca, como no he querido a nadie.
Aun sabiendo que partiste, esperé a que tú volvieras...

Y me pasé los días, semanas y largos meses,
Bajo el inclemente sol que ahoga, de unos tristes recuerdos.
Y por las noches me acaricia, las frías manos de un olvido.
Mientras tú ya estás tan lejos, yo te sigo esperando...

Te esperé bajo la luna, su soledad y el frío.
Mientras me contaba sus penas, y yo le cantaba las mías.
Unas gélidas noches, bajo un árbol, que se acopla.
Como sus hojas caían, al cambiar las estaciones.
Fueron largos los años, unos años de espera.
Bajo la luna esperando, y que tu nunca volvieras...

Poema N.º 166.
Libro: Poesías y Poemas.
Autor: Anthony Josué Flores Reyes.

ERES UN TONTO

Se nos ha dicho siempre, que es el hombre quien propone.
Pocas veces las mujeres, a sus brazos, nos lanzamos.
Yo te di señales, es lo que mejor sabemos.
Y tú pasabas de largo, sin siquiera notarlo.
Yo te quise en secreto, con muchas ganas de gritarlo,
Cuando tú me gustabas, no volteaste a mirarme...

Eres de esos hombres necios, ciegos y hasta tonto.
No te diste, ni cuenta, que en mis ojos vivías...
Tanto que te quería... te quería en secreto.
Con un amor que, en mis ojos, en tu sonrisa se perdía...

Pero tú te hacías el ciego, necio y hasta tonto.
Que nunca te diste cuenta, que en mis ojos vivías...
Eres de aquellos bobos, que van persiguiendo cuentos.
Mientras detrás de ti, yo esperaba mi momento...

Poesía N.º 167.
Libro: Poesías y Poemas.
Autor: Anthony Josué Flores Reyes.

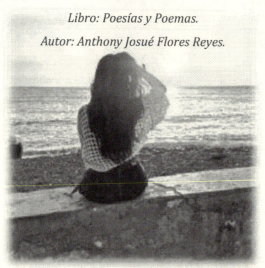

Foto: Liana Melissa.

SI SUPIERAS.

Si me vieras como serio,
Al escuchar tu nombre.
Como en mis labios naces,
Con una risa en mis recuerdos.

Si supieras todas las noches,
Que me dormí abrazado.
A una almohada pensando.
Y suspirando en tu nombre...

Si supieras siquiera,
que a donde voy te llevo.
En mis pensamientos viajando.
En todos mis momentos...

Voy a cerrar nuestra historia.
Escribiéndote un libro.
Para que nuestro amor viaje en el tiempo.
Como el de Romeo y Julieta.

Poema N.º 168.
Libro: Poesías y Poemas.
Autor: Anthony Josué Flores Reyes.

REGRESAMOS A LA ESCUELA.

Hoy volvemos como las aves,
A nuestro hogar volando;
Donde aprendiendo vamos.
A volar educados…

Somos las aves del tiempo,
De un futuro cercano.
Que nos van enseñando a diario,
En el aprender del vuelo…

Hoy volvemos volando,
A nuestro hogar la escuela.
Donde creciendo vamos,
Llenándonos de valores…

Somos semillas del futuro,
Que nuestros maestros siembran.
En una tierra de esperanza.
Que se llama escuela…
Hoy al colegio volvemos,
Como bandadas de aves volando.
Al aprender de la vida.
Ese llamado escuela…

Poema N.º 169.
Libro: Poesías y Poemas.
Autor: Anthony Josué
Flores Reyes.

TE VI DESPINTADA.

Una mirada de migraña, a las seis de la mañana.
Y unos ojos con las sombras, de unas débiles ojeras.
una pálida risa, como la de tus propios labios.
Esos que, por la mañana, sin el labial, estaban...
Y que hermosos se veían,
A la seis de la mañana...

Tu piel estaba seca, y sin maquillar, el rostro tuyo.
Me fijé en tus labios rosa, que despintados lucían.
Tan hermosos, bellos y cautos.
A las seis de la mañana...
despintados como el alma,
cuando en secreto se ama...

Una sonrisa tuya,
Una que con rictus nacía,
Sin el maquillaje lucia.
¡Pero que hermosa estabas!

Tú te marchaste luego,
Y yo me quedé pensando.
Que hermosa sigue siendo,
Sin usar el maquillaje...

Poesía N.º 170.
Libro: Poesías y Poemas.
Autor: Anthony Josué Flores Reyes.

Foto: Liana Melissa.

Disponible en

AMANTES

Tú vas tomada de la mano, unas ajenas manos.
Un corazón que te quiere, pero no como el mío.
Somos los novios cambiados, que tarde nos conocimos.
Y nos conformamos siendo, lo que se dice amantes.

Que bien funcionaríamos, si no estuvieras casada.
Si yo tampoco estuviera, tú serías solo mía...
Como ladrones vamos, nuestras miradas perdidas.
En secreto una risa, que cómplices, nos damos.

Que tarde toqué tu puerta, pero aun así nos amamos.
En secreto vamos, siendo lo que se dice amantes...
Que gruesas miradas nos llevan, de quienes se creen metros.
Midiendo a toda la gente, sin ellos ver sus defectos.

Tú vas tomada del brazo, de quien yo siento celos.
Los que reprimo al verte, sin casi poder retenerlos.
Envidio aquel que te tiene, aunque yo solo en momentos.
Te voy devorando hasta el alma, sin que el siquiera se dé cuenta.

Somos infieles malos, sin poder reprimirnos.
De un amor que se desborda, como el agua al retenerla.
Somos amantes locos, que no tienen fecha.
Como forasteros vamos, en secreto queriéndonos.

Poema N.º 171.
Libro: Poesías y Poemas.
Autor: Anthony Josué Flores Reyes.

YÓ VALÍA ORO.

¡Para mí no vales nada!
Me espetó, quien fue mi amada.
¿Cómo que no valgo nada?
Pregunté con mi ego hinchado.
Cómo aquel río crecido,
Que atropella las montañas...

Y yo, en mi mente, me pintaba.
En una balanza pesado,
Al otro lado de oro.
Lingotes gigantes me contrapesaban.
Y a la diestra de ellos, solo.
Sin esfuerzos, les ganaba.

Para ella no valía nada,
Pero yo en mi mente osca.
Como la mirada de una fiera,
Sabía que costaba.
¡Que valía oro!
Y mucho más que ello,
¡O ella no valía nada!

Para ella no valía nada,
Y sus palabras se fueron lejos.
Sin toparme los pelos,
Ni rosarme el ego.
Yo, sabía que valía,
Mas que los lingotes de oro,
Incluso más que ella.

Quizá esperándome otra estaba,
Sin yo aún conocerla siquiera.
Una que en sus ojos yo valga,
Lo que no valía para ella...

Y se alejó como la noche,
Tan oscura del alma.
Con una furia en sus ojos,
Como la de una fiera.
No me lastimó siquiera,
Sus infames palabras.
Yo, sabía que valía oro.
Y ella, quizá, no valía nada.

Poema N.º 172.

Libro: *Poesías y Poemas.*
Autor: *Anthony Josué Flores Reyes.*

LOS AMORES DEL ALMA.

Hay amores. Que nada tienen que ver...
 con la ilusión de ver a un hombre o a una mujer...
Hay amores ajenos, lejanos y distantes a la atracción de pareja,
De esa que la piel eriza y el corazón te infla.
Y en el estómago acaso, de mariposas te llena….
Hay amores que, como sueños,
Como pasiones o mascotas se izan fuerte en los umbrales
De nuestro propio ser, en nuestra propia alma...
hay amores que son sueños, anhelos y hasta esos. Que no son los de pareja.
Sino más bien de las pasiones, sueños y anhelos del alma.

Poema N.º 173.
Libro: Poesías y Poemas.
Autor: Anthony Josué Flores Reyes.

Foto: Rosita Gutiérrez, y su Yegua Campeona: Águila Negra.

UN PACTO DE AMOR

Con nuestros besos pactamos,
Un amor duradero.
De esos que en el tiempo viven,
Cómo los buenos recuerdos.

Como las violentas gotas de lluvia,
Caen mis ganas de tenerte,
Cuando te tengo lejos,
Y cuándo estás presente...

Llevo en mi alma impregnada,
Como perfume caro.
El amor que te tengo,
Que mi sonrisa nace al verte,
Como el sol naciente...

No ha de importar que tus padres,
Yo, bicho raro, les parezca.
Yo, te quiero y te adoro,
Con todita mi alma.

Vamos a pactar mi amada,
En esta noche cubierta,
De aquella luz de luna,
Y el frío agudo de las tinieblas.
De una noche fría,
Como las miradas de aquellos,
Que dejamos solos, para poder amarnos.

Vamos a pactar mi amada,
Y que testigo sea la luna.
En esta noche sea testigo,
Cuando te haga mía...
Vamos a pactar con besos,
Con caricias, y abrazos.
Bajo la luna llena, nuestro amor eterno.

Yo juraré que te quiero,
Y te prometo buscarte,
Hasta en la propia muerte.
Cuando yo me haya ido...
Tú jurarás quererme,
Como el amor pingüino.
Que yo seré el amor.
Último, en tu destino.

Poema N.º 174.
Libro: Poesías y Poemas.
Autor: Anthony Josué Flores Reyes.

LA PLAYA

A ella volví, pero esta vez muy solo,
En las olas del mar recordé tu mirada:
Las risas, la bulla agitada. El sabor de tus besos me recordó la alborada.
pido una hora vida, de sesenta mil años.
Para tenerte el tiempo, que posiblemente te ame…

Volví a la playa solo, donde empezó aquella historia,
Esa que sonó bonito, desde el día de tu cumpleaños.
Miro al sol que, con sus rayos, me trae tu mirada.
Mirada ya perdida en los confines de mi historia.

Voy caminando solo en el desierto de la playa,
Como el desierto de mi alma, desde tu triste partida.
¿Dónde estarás mi amada? Que fuiste ya un tiempo.
Mi felicidad hoy recuerdos, en esa misma playa…

¿Acaso alguien escribe, nuestra jodida historia?
¡Que autor tan trágico ha de ser el desgraciado…!
Que escribe penas gordas, sobre mi triste destino.

Fuimos más que una historia, de esas que son bonitas.
De los que se quieren con las ganas, de no querer perderse.
Trágico fue el destino, que como cartas a jugado.
Con el amor nuestro, en una errónea partida.

¿Dónde andará mi amada?, que ya fuera un día.
Mientras yo en la playa añoro, nuestros años floridos.
En el borde de esta playa, la veo jugar con las olas.
viniendo a mí corriendo en las finas telas de un bikini...

En ese lugar solitario como mi propio destino.
Escribimos con mil besos, el poema de una historia.
Tú la rompiste un día, como un papel que no vale.
Que poco te valió mi amor, como una carta ya leída.

Poema N.º 175.
Libro: Poesías y Poemas.
Autor: Anthony Josue Flores Reyes.

ESPERAR EN LA DISTANCIA
DE NUESTROS SENTIMIENTOS

Qué distancia más amarga, serena, triste y sola.
La de esperar nuestros momentos, que solo duran un suspiro.
Y es que me toma la fuerza, de toditos mis sentimientos,
Despedirte con un beso y esperar a que volvieras...
Nada ha de ser tan fuerte, como las ganas que yo tengo.
De volver a verte a penas, nos separa la distancia...
Y el esperar a tu regreso en la isla de la ausencia,
De la soledad y la pena, que del esperar emerge.
Creciendo cuál fuego lento, en mis entrañas del alma.
Mis más bellos sentimientos, que tu amor despierta...

Poema N.º 176.
Libro: Poesías y Poemas.
Autor: Anthony Josué Flores Reyes.

ME DESPIDO

Como el poema de la despedida,
Pero uno que sea mío.
Yo, te solté de la mano.
Aunque me quedé vacío...

Yo, me despido del cariño,
Más bonito que me dio la vida.
Para no dañarlo,
En un tiempo que no era nuestro...

Yo, me despido deseando.
Que como el árbol florezcas;
Después de un tiempo la risa,
En tu rostro aparezca.

Y me alejo prefiriendo,
Ser un bonito recuerdo.
Más no una amarga molestia,
Si me quedó insistiendo.

Yo, me despido cariño,
Aunque quisiera quedarme.
Pero me toca soltarte,
aunque te siga queriendo...

Poema N.º 177.
Libro: Poesías y Poemas.
Autor: Anthony Josue Flores Reyes.

*A mi último amor, **Ainhoa**.*

No debería, pero gracias por romperme el corazón. Ese dolor me hizo nacer una vez más, emerger, y entender lo que quería ser, como lo dije al inicio y lo repito al final; concentré todo mi dolor en hacerlo poesía. Hoy escribo y ya no es para ella.

Mi último poema está dedicado a todos los amores perdidos, esos que se esfuman de la nada, y que nos dejan con la sensación de que hubiésemos podido dar más.

¡Nada, señores! Si algo entendido en esta vida, es que todo lo que nos ha pasado, está destinado a que nos suceda en nuestra historia, en nuestra línea del tiempo, nada podemos hacer para cambiarlo, es parte de nosotros para poder ser lo que somos, al final nos queda, solo aceptar las cosas, recoger los pedazos de nuestro corazón si te lo han roto, y seguir con dignidad hacia delante, mire hacia atrás solo para tomar impulso.

Anthony Josué, poeta y escritor peruano.

Domingo 11 de agosto de 2024.

FINAL DEL LIBRO

Hubo dos frases que marcaron mi destino después de mi adolescencia, dichas por dos de mis maestras, en quinto de secundaria. *"Apunta al cielo y darás en el blanco"* Janeth Alicia Lalangui Núñez.

"Si lo tienes en tu mente, lo tienes en tus manos" María Liliana Ramírez Estrada. Quizá ellas lo recuerden, tal vez no. Lo importante es que me dejaron sembrando esa semilla, en mis pensamientos y para aquel entonces no entendía, la magnitud de esas frases. A veces sembramos semillas de superación en las mentes de otras personas que luego ni recordamos, pero que en esa persona se volvieron árboles frondosos cargados de frutos en la vida.

El cielo es tan grande, que no hay forma de que tu puntería falle si disparas hacia él. Así de grandes y claros deben ser tus sueños en la vida, como dice aquella frase.

Engañar al subconsciente es tan fácil, solo necesitas repetir mil veces lo que quieres y practicarlo, para obtenerlo. Los pensamientos atraen lo que quieres, si lo ayudas con acciones. Como dice la frase: si lo tienes en tu mente...

Empecé a escribir cuando me enamoré por primera vez, desde entonces no dejé de hacerlo y me embarqué en un sueño que me gustaba, gozaba hacerlo, y me hacía feliz. Un dolor intenso (la pérdida de mi padre) me hizo salir como el sol por las mañanas, a publicar mis libros y entonces no me volví a ocultar como el mismo sol en el polo Ártico, en Noruega, donde no existe la noche.

El libro: **POESÍAS Y POEMAS**, relata a lo largo de sus páginas, los sentimientos, amor, desamor, sueños y frustraciones, el lenguaje de un corazón enamorado o ilusionado, a lo largo del libro, el autor narra una autobiografía cantada en sentimientos a lo largo de 14 años desde el año 2009, que empieza a escribir Poesías, hasta el 2024, su publicación.

Me puedo pasar horas enteras, leyendo un libro, escribiendo una novela, o creando Poesías. Y me sigue gustando, y soy feliz al hacerlo. Si a ustedes les apasiona algo, no lo abandonen. Ese sueño suyo es que va a marcar los hitos que los guiarán hacia el camino del éxito en sus vidas.

QUERIDOS LECTORES.

NUNCA ABANDONEN SUS SUEÑOS.

¡POR FAVOR!

CON CARIÑO:

ANTHONY JOSUÉ FLORES REYES.

TUMBES – PERÚ - 2024

DEDICATORIA

No es tan común que alguien quiera ser escritor, la mayoría elige las clásicas carreras que ya conocemos todos.

_ ¿Qué deseas estudiar?

_ Filosofía y letras, para ser escritor. Respondí con un brillo en los ojos, el mismo brillo en mis ojos, que cuando recibí mi primer libro impreso, de una editorial de Amazon. Papá me quedó viendo unos segundos y luego preguntó, si esa carrera profesional había en Tumbes, mi ciudad.

_ No, solo hay en la Universidad Mayor de San Marcos – Lima. Entonces el silencio nos robó un lapso corto de nuestras vidas, en ese momento. Papá quería que yo estudie medicina veterinaria, y si yo elegía esa carrera, estoy muy seguro de que lo iba a hacer muy feliz a él. ¿Pero yo? Esa carrera no me gustaba, a mí me gustaba escribir y crear poesía. Así que finalmente me comentó que no había los medios, para enviarme a estudiar a la capital, y que, si había la opción de elegir una segunda carrera, mientras más después podría enviarme a Lima. Respondí que sí, con el corazón un poco encogido y una pena estrecha en mi alma, yo quería viajar, yo quería ingresar a la universidad más antigua y prestigiosa de América, pero ¿qué? Eso no era lo más importante, yo quería ser escritor, y desde entonces no paré de escribir, en secreto. Un secreto que, al morir mi padre y partirme en dos, decidí revelarlo, por él y por mí, pues yo no deseaba ser un escritor anónimo.

Yo decidí elegir lo que me gustaba, hacerme feliz a mí mismo, cumplir mis sueños y no los de mi padre. Uno debe ser egoísta en ello, y si tú eres feliz, tus papás van a hacer felices también, sin necesidad de cumplir sueños ajenos.

Gracias papá, por todo lo que hiciste por mí, si estuvieras vivo hubieses sido la primera persona a quien le enseñaría mi libro impreso, te llevaré siempre en mi corazón. **Eduardo Francisco Flores Farias.**

Abuelo. Recuerdo el día en que te comenté que me gustaba escribir y te presté uno de mis libros en borrador, te quedaste en pausa, en la primera página, pensé que solo estabas observando, pero estabas leyendo una, dos y no recuerdo cuantas páginas más, hasta que te detuviste y me dijiste algo que en ese momento me hizo sentir bien incómodo, pero que también me hizo despertar.

_ Tú te estás desperdiciando, en este trabajo gatito. Por el trabajo que tenía en aquel momento, deberías buscar ayuda y ver la forma de sobresalir en esto. Levantaste el libro casi agitándolo. Nunca voy a olvidar ese momento, lo recuerdo como si fuese ayer. ¡Cuánta razón tenías! Me estaba desperdiciando en algo que no era mío. Gracias, **Ángel Casariego Panta (Papito Che).**

Agradecimiento especial a las chicas de mi región tumbes, que en su figura endosan la definición real de la palabra belleza, que posaron para ilustrar algunas de mis Poesias.

1. *Liana Melissa.*
2. *Yeshira Canales.*
3. *Aldana Casariego.*
4. *Luz Clarita.*
5. *Rosita Gutiérrez.*
6. *Estrellita Judith.*

DATOS DEL LIBRO

Tipo de letra	: Cambria.
Tamaño letra Títulos	: 11
Tamaño letra contenido	: 10
Tamaño ancho libro	: 15.24 cm x 6 Pulgadas.
Tamaño largo del libro	: 22.86 cm x 9 pulgadas.
Cantidad de Poemas	: 177.
Cantidad de palabras	: 30,513 mil
Cantidad de páginas	: 270 (pág.)
Público	: Todas las edades.
Plataformas Disponible	: Amazon y Wattpad.

Libro:

Poesías y Poemas.

Autor:

Anthony Josué Flores Reyes.